HD ateliers henry dougier © 2018
7, rue du Pré aux Clercs – 75007 Paris

Collection Littérature
Secrétariat général : Clémence Commelein
Traduction : Vasso Loukou
Correction : Alain Monrigal
Réalisation de la maquette : Nord Compo
Conception visuelle de couverture : Fabrice Rondon
Photo de couverture : Creative commons

Dépôt légal : mai 2018
ISBN : 979-10-31203-93-5
ISSN : 2551-4780
Imprimé et broché en France par l'imprimerie Corlet

AU CAFÉ D'ÉOLE

Créée en 2014, la maison d'édition **les ateliers henry dougier** souhaite « raconter » la société contemporaine dans le monde, en donnant la parole aujourd'hui à des témoins souvent invisibles et inaudibles : peuples, régions, métiers, catégories sociales ou générationnelles parlent ici de leurs valeurs, de leur mémoire, de leur imaginaire, de leur créativité.

Notre objectif : briser les murs et les clichés.

Chaque titre de cette collection est également disponible en e-book.

AU CAFÉ D'ÉOLE

Dimitris Stefanakis

Traduit du grec par Vasso Loukou

HD ateliers henry dougier

Psychologie d'élève

Au café d'Éole, premier jour. Psychologie d'élève de première année de l'école primaire. Je regarde les tables vides, j'hésite. Je m'installe au hasard à l'une d'elles – ou bien peut-être pas au hasard. Le patron du café s'approche de moi. C'est un homme pas très grand, robuste, tête plutôt grosse, moustache en croc, mâchoires saillantes, mains larges comme des avirons. Il ne se présente pas mais dorénavant on l'appellera Éole, question de facilité. Éole montre une déficience à l'œil gauche. Je ne sais pas exactement ce que c'est mais il a un défaut et je ne peux que le fixer sans cesse. S'il croit que je me moque de lui, il pourrait devenir furieux et me jeter dehors. Mais comment en détourner mon regard ? Son œil droit semble cyclopéen – comme s'il voyait pour les deux yeux. Je remarque qu'il est à tu et à toi avec moi. Quel toupet ! Moi, je le vouvoie avec égards et déférence pour des raisons évidentes mais cela ne peut durer indéfiniment. Je change de registre et on s'entend mieux.

Qu'est-ce que tu prends ?, me demande-t-il. Un café, quoi d'autre ?, lui dis-je. Il m'apporte une feuille de papier avec des chiffres allant de un à dix. Note les dix livres que tu préfères, me dit-il en me tendant un crayon. Pour quoi faire ?, que je lui demande. Note-les, me répond-il sur un ton défiant toute objection. J'ai l'impression que je dois dresser la liste avant que le café arrive. Alors, je me mets à écrire très vite, sans réfléchir. Je veux dire que je ne sais même pas si ce sont les dix livres que j'aime le plus. Entre-temps, Éole me sert mon café et s'invite à ma table. Il s'empare de ma feuille de papier et se met à lire. Il émet des objections pour le titre numéro cinq. J'ai envie de lui expliquer que j'ai écrit cette liste à la va-vite, sans trop réfléchir mais pourquoi me justifier ?

Il quitte ma table. Soudain, le café est plein à craquer. Je considère les lieux. Salle en forme d'hexagone avec d'innombrables sièges en bois et en rotin. Au milieu, un petit rond-point occupé par un long comptoir encombré de livres. Mon Dieu, que de livres ! On dirait que tous les livres du monde sont rassemblés ici. J'en prends un au hasard et commence à lire.

Premier jour au café d'Éole ; c'est comme mon premier jour à l'école. Drôle d'impression !

Laissons les morts ensevelir leurs morts

Au café d'Éole, deuxième jour. Tout me semble moins de travers – j'ai déjà pris mon café et ça me procure le bien-être attendu. Le brouhaha ambiant me dérange moins qu'hier, je n'accorde aucune importance aux va-et-vient des gens ou aux chaises que les clients tirent lourdement.

J'ouvre mon livre et je commence à lire à partir de là où je me suis arrêté hier – page X, paragraphe trois, ligne un. Ce livre me paraît intéressant, notamment parce que les personnages ne parlent pas sans cesse comme dans la plupart des récits et qu'ils n'envahissent pas les rues à tout bout de champ. En outre, on a l'impression que tout ce qui survient se dilue dans une ambiance particulière et est décrit avec humour. Les personnes et les livres dépourvus d'humour m'insupportent.

Un homme d'un certain âge fait soudain son apparition. Il porte une redingote et une perruque répugnante. Il passe le seuil du café en hésitant et toussote comme pour susciter l'attention. De toute évidence il s'apprête à prononcer son discours de mendiant. Mesdames et messieurs, je suis un citoyen parmi vous, lance-t-il. Moins on lui accorde de l'importance et plus il hausse le ton de sa voix. Ne vous méprenez pas sur mon apparence de gueux. Pensez seulement que celui qui se tient devant vous est un héros des guerres napoléoniennes, le colonel Chabert, si vous voyez. Tout le monde pensait que j'étais mort à la bataille d'Eylau. Je n'ai jamais réussi à regagner ma place dans la société et je suis réduit à la mendicité. Je ne vous demande qu'une aide dérisoire, de quoi passer ma journée. Ce qui vous fait plaisir, mes chers concitoyens. Non seulement personne ne s'attendrit sur lui mais, pis encore, les assistants d'Éole se précipitent et le jettent dehors sans scrupules. Je vois ses vieilles cannes s'agiter en l'air comme de frêles petites pattes d'insecte. Je suis le colonel Chabert, comment osez-vous, leur crie-t-il. Ils l'écartent sur-le-champ. Est-ce vraiment le colonel Chabert ?, que je demande à Éole. Quelle importance, me répond-il. Laissons les morts ensevelir leurs morts.

À peine dix minutes plus tard apparaît une jeune Parisienne d'époque distinguée, accompagnée d'un homme de son âge élégamment vêtu, portant des favoris et tenant une canne. Des personnes du dix-neuvième siècle.

Le patron du café les accueille. Oh ! madame la comtesse. Entrez. Maître Derville, vous aussi ! Est-il venu , lui demande la jeune femme d'un air conspirateur. Oui, mais il est aussitôt reparti, ne vous inquiétez pas, lui chuchote-t-il. Quoi ? L'ex-épouse de Chabert avec l'avocat de son mari, l'homme censé le sauver ? Je m'indigne auprès d'Éole. Pourquoi est-elle avec Derville ?, que je demande. Ce n'est pas dans le livre. Je n'en sais rien, me répond le patron du café. Elle a peut-être soudoyé Balzac et celui-ci a fermé les yeux. Tu sais bien que le Gros était criblé de dettes. Impossible ! Inconcevable ! Tout est possible, me répond-il.

Je les observe en train de se comporter comme deux tourtereaux et je ne sais plus quoi penser. Malheureux Chabert, me dis-je. Et j'essaie de trouver un peu de consolation dans mon livre. Je suis en plein dans le passage où Derville a convoqué la comtesse et Chabert dans son cabinet afin de les réconcilier.

Du côté de chez Swann

Au café d'Éole, il y a un coin appelé « du côté de chez Swann ». Tous les jours à midi pile arrive un jeune homme nommé Marcel, et la première chose qu'Éole ordonne à ses assistants en le voyant : conduisez monsieur du côté de chez Swann. Ce dernier traverse d'un air pompeux la salle dans ses vêtements en lin blanc, comme s'il défilait, et s'assoit à la place qui lui est réservée pour déguster sa madeleine avec une tasse de thé. Il ouvre son journal et le décortique.

Il s'assoupit après de longues heures de lecture et agite de temps à autre les feuilles de son quotidien, comme pour sortir de sa léthargie. Le journal date et ses pages sont jaunies. Un jour, c'est sûr, il lui tombera des mains. Puis il replonge dans sa lecture. Comment regarder longtemps un homme qui fait sans cesse les mêmes gestes ? J'oublie sa présence. Mais je sais que si je me tourne vers lui, je vais être confronté au même spectacle. De toute façon, le frémissement régulier des feuilles me rappelle sa présence. En le regardant lire sereinement, je pense à la scène où, un après-midi, à l'improviste, Swann rend visite à Odette. Elle ne lui ouvre pas, ce qui éveille en lui des soupçons. Je me demande comment un jeune novice comme lui a pu mettre en scène un tel épisode, comment il a su gommer la frontière entre la vérité et le mensonge en noyant son héros dans un tourbillon de doutes vertigineux. Chose bien étrange et inexplicable que le talent ! Le jeune Marcel ne devine même pas mes pensées. Retranché derrière ses sens, loin de se préoccuper du temps qui passe, il s'évanouira en un instant comme une illusion à un moment d'inattention de ma part.

Un jour, j'ai osé ce que je désirais faire depuis longtemps. Je suis allé m'asseoir à sa table. Les garçons d'Éole se sont bien évidemment précipités sur moi. Éole m'a apostrophé : Mais qu'est-ce qui t'a pris d'aller t'asseoir là-bas ? J'avais envie de voir à quoi ressemblait le monde vu du côté de chez Swann. Il a ri. À mon tour, je lui ai demandé si c'était le vrai Marcel. Oui, pourquoi, ça te semble bizarre ? Et ses yeux sensuels et sa moustache, me suis-je demandé. Tu penses que Marcel et Proust sont une seule et même personne ? Ce ne l'est pas ? Bien sûr que non ! L'écrivain n'est pas le narrateur. On ne te l'a jamais appris à l'école, me fait remarquer le patron, et je vois son œil abîmé briller avec amusement.

Julien vs Fabrice

Début d'après-midi au café d'Éole et font irruption deux beaux gosses qui se bouffent le nez. Évidemment, les héros de deux livres différents ne pouvaient se rencontrer qu'ici. S'ils respectaient au moins les convenances et faisaient preuve de supériorité ! Ils se montrent au contraire sous un jour mesquin et querelleur.

Alors, qu'est-ce que tu penses de nos gaillards ?, me demande Éole. Tu les connais, j'imagine. Je n'en ai pas l'honneur, que je lui réponds. Comment ! Impossible ! Julien Sorel et Fabrice Del Dongo, tout le monde les connaît. Que dire ? C'est autrement que je m'étais imaginé Julien et Fabrice. Les mots ne font pas l'image d'un individu, reconnaît le patron du café.

Au même moment, devant nous, les deux héros refusent de s'asseoir à la même table. Messieurs, messieurs, voyons !, intervient Éole. N'oubliez pas que vous êtes issus de la même plume. Comme des frères, bon Dieu ! Ceux-ci s'obstinent mais se posent enfin sur une chaise tout en se tournant le dos. Heureusement que Stendhal ne les a pas mis dans le même roman. Ils se seraient entretués, ces deux-là.

Admets qu'ils font partie des héros qu'on n'oublie pas, me dit Éole avec fierté pour avoir réprimandé des personnages célèbres de la littérature. J'avoue que ça fait un bail que j'ai lu leurs histoires, que je réponds. Mais je me souviens clairement de ce duel entre Fabrice et Giletti – c'est bien Giletti qu'il s'appelait, n'est-ce pas ? Avec quel affolement Fabrice ne demandait-il pas le miroir pour s'assurer que le coup de couteau sur son visage n'avait pas endommagé sa beauté. Le dandy ! Et Julien… un minotaure de l'amour qui se débat dans le labyrinthe de ses propres sentiments. Tant de pages avant de décider qu'en fin de compte, il n'aimait pas la jeune Mathilde mais bien madame de Rênal, et ce après avoir tiré sur elle. Voilà ce qui arrive quand on croit qu'amour et mathématiques ça rime.

Je dis ce que je pense à Éole. Tu es bien dur avec les gens. Je ne me réfère pas à des gens mais à des personnages de roman. Quelle différence ? Suit une vive logomachie. Moi j'insiste qu'il y en a une, le patron du café qu'il n'y en a pas. On en vient presque aux mains. Soudain je me retourne et vois les héros qui nous observent interloqués. Ils échangent entre eux des regards pleins d'ironie. Je laisse tomber, je cède. Pas du tout envie que ces deux garnements se moquent de nous. Je persiste à penser qu'il y a une différence. Les êtres humains, nous sommes bien supérieurs aux personnages de romans. Mais va le dire à Éole !

Je me concentre un peu sur les sons qui s'élèvent de l'assemblée du café et qu'est-ce que j'entends ? J'entends, mais pas nécessairement dans l'ordre où je les décris, le verre et la porcelaine qui retentissent sur le plateau du garçon de café – verres, tasses, carafes… Le bruissement d'un billet qui change de mains ou la pièce de monnaie qui roule sur le plateau, ou bien encore la formule stéréotype « merci » prononcée sur mille tons différents, en fonction du moment et de l'humeur. Je réfléchis : aussi banal que soit la fréquentation d'un café, on est toujours soumis à un tas de restrictions. Un minimum de convenance dans la tenue vestimentaire, dans le choix des chaussures. Lors d'un rendez-vous, ne pas être en retard, et si on arrive le premier, on pense que pendant que l'autre nous fait poireauter, il faudra tuer le temps sans se ronger les ongles. Ce n'est pas mon cas, bien sûr. Moi je ne donnerais jamais rendez-vous à quelqu'un dans un lieu tel que le café d'Éole. En revanche, j'admets que la vie dans un café est une pièce de théâtre. Tantôt des spectateurs, tantôt des protagonistes dans des scènes brèves. Et quand vient le moment de commander, je me sens comme si j'allais monter sur scène et débiter ma réplique. Il m'arrive de m'embrouiller. C'est étonnant ce que les gens peuvent rencontrer de difficultés dans les choses les plus simples !

Raskolnikov

Au café d'Éole, un autre jour, ma rencontre avec Raskolnikov. Il se présente à moi sous ce nom et je le crois. Nul aujourd'hui sain d'esprit ou déphasé ne viendrait vous dire « je suis Raskolnikov », comme il ne vous dirait pas « je suis Napoléon 1er ». C'est ringard de prétendre être quelqu'un d'autre. Et donc, je le crois. Je vous offre un café ? Un café, bien volontiers. Merci ! C'est moi qui vous remercie, vous êtes mon personnage préféré. C'est un honneur pour moi. Bon, tant mieux !

Il s'assoit à ma table. Il est furieux contre Dostoïevksi. Ce prodigue, cet ivrogne, ce joueur, ce vaurien, ce fanfaron, j'en passe et des meilleures… qu'il commence par me dire. Ce n'est pas moi qui ai commis le crime, tu comprends ? Je n'ai pas tué la vieille. Je n'avais aucune raison de la tuer. Je ne suis pas celui que présente notre écrivain. Regarde-moi bien. Je le regarde et il me semble qu'il a raison. Élégant et soigné ; il ne ressemble en rien à l'étudiant fauché qui, un jour torride de juillet, quitta sa chambre de bonne située rue Stolniarni, cette ruelle étroite et nauséabonde, et se dirigea vers la rue Santovaïa, pour le dénouement que l'on connaît tous. Si ce n'est pas toi, alors qui… ? Comment veux-tu que je sache ? Peut-être Fiodor Mikhaïlovitch lui-même. Quoi, l'écrivain ? Oui, pourquoi ? Il n'y a rien d'étrange. Moi en tout cas, je n'aurais jamais tué quelqu'un par simple curiosité. Si tu ne me crois pas, je préfère m'en aller. Cela n'a aucun sens de continuer à parler, si tu ne me crois pas. Je te crois, je te crois, dis-je. Mais si on pense à tout ce qu'il a enduré, lui aussi… Cela m'est égal. Il a été injuste avec moi. Il m'a mis sur le dos un crime que je n'ai pas commis et en plus, il m'a poussé à l'avouer à Porphyre Petrovitch. Il a monté un complot contre moi. Il a souillé mon nom de façon irrémédiable. Il a déchiré le cœur de ma mère, il a mis ma sœur dans les griffes de Louguine, il a pourri ma vie avec Sonia. Tu en veux encore ? Tous ses héros ont souffert à leur manière, que j'ose répondre. De quels héros parles-tu ? Je vais te dire moi qui sais les choses de première main. Les Karamazov, il en a fait des saints. Dimitri, cette crapule qui a tué son père,

s'en est bien tiré. Et ne viens pas jeter la pierre sur ce pauvre bâtard de Smerdiakov, parce qu'il n'y est pour rien, malgré les balivernes d'Ivan qui a tout fait pour l'impliquer dans cette sale affaire. Je te dis que je les connais bien, pères et fils, une vraie bande de fumiers… Aliocha est le seul qui en vaille la peine.

Il n'y a pas de rose sans épine. Tu ne vas quand même pas me comparer à ces canailles ? Tu ne peux pas me comparer avec ce pervers de Nicolas Vsévolodovitch Stavroguine ou avec le prince Mychkine ? *L'Idiot,* il ne faut pas aller chercher bien loin, il a lui-même inspiré le titre du livre. Alors, me demande-t-il, qu'as-tu à dire ?

En fait, que puis-je dire ? Je regarde ses yeux : ils sont d'un vert intense. Dostoïevski ne nous a jamais dit qu'il avait de si beaux yeux. Des yeux qui brillent d'une façon singulière. Si ce n'est pas à cause de la colère, c'est à cause de la paranoïa. Tu n'as donc rien à dire ! Tu le vois bien, les choses parlent d'elles-mêmes, et n'oublie pas : c'est à lui que profite le crime, moi, je purge le châtiment. Et tandis qu'il prononce ces mots, il est déjà debout sur le pas de la porte. Sa tasse de café à demi pleine, il s'en va sans même saluer.

Le diable métamorphosé !

Au café d'Éole, les héros des romans vont et viennent sans crier gare, comme s'ils surgissaient des pages de leur livre pour ensuite y retourner. Soudain, je vois devant moi un homme aux traits slaves et fins me regarder avec insistance. Encore un Raskolnikov de plus, que je me dis. Pourtant il s'agit de Stavroguine. C'est ce qu'il prétend – et Éole confirme sa revendication. Il est vraiment séduisant, ce vaurien, que je murmure à Éole. Pourquoi dis-tu cela ? Parce que c'est un vaurien, aucun doute à ce sujet. Il répond par un hochement de tête, comme pour dire qu'il ne sait pas s'il doit acquiescer ou non.

N'oublions pas que les personnages n'ont pas le loisir d'être ceux qu'ils souhaiteraient. Supposons qu'ils soient pourvus de leur propre nature, ils sont souvent forcés d'obéir à un schéma général. Quoi, tu veux dire qu'il est possible que Stavroguine soit quelqu'un de bien ? Tu t'obstines à voir les personnages tels que leurs écrivains les présentent. Il n'a pas tort – et ma rencontre avec Raskolnikov aurait dû me servir de leçon. Cependant Stavroguine a fait ci… a fait ça…, que je lui dis, et je me mets à énumérer ses abominables actions. Mais le patron du café n'en démord pas. C'est un homme capable du bien comme du mal absolu. S'il était un des nôtres, tu peux être sûr qu'il n'oserait pas pousser le bouchon si loin. Or, dans la narration, tout le monde a le droit d'essayer.

Voilà le hic entre Éole et moi. Lui considère que les actes des héros d'un roman n'ont pas de conséquences réelles, moi je pense le contraire. Lui ne se donnerait jamais la peine d'interroger ce possédé, moi je le fais. Je soumets mes questions à Stavroguine, en lui disant à chaque fois : pourriez-vous m'aider à résoudre cette question… ? Il répond avec un calme et une amabilité tels que je remets en cause tout ce que je pense de lui. J'aurais préféré qu'il se comporte avec grossièreté à mon égard, qu'il soit ironique, qu'il se fiche de moi… Je veux ressentir la même indignation comme lorsque je lisais ses prouesses dans les pages de Dostoïevski. Mais il ne me donne pas cette satisfaction et je me révolte contre lui pour la raison opposée justement.

Je tends à croire, finalement, que les héros des livres ressemblent beaucoup aux acteurs. Dès lors qu'ils ne sont plus sur scène, ils quittent leur rôle et leur costume et redeviennent ceux qu'ils sont dans la vraie vie. Au moins j'espère qu'il va se retourner contre son auteur lui aussi, comme Raskolnikov. Il me déçoit de nouveau… Ne vous en faites pas, Fiodor Mikhaïlovitch a fait ce qu'il a pu avec un goujat de mon espèce. Enfin, que je pense, en voilà un qui admet être un goujat. Ses manières me persuadent pourtant du contraire. Peuh ! Je n'arriverai jamais à m'en sortir avec les écrivains et leurs personnages…

Enfin Godot !

Sur la terrasse du café d'Éole. Magnifique journée. Approchent deux vagabonds ; ils se présentent sur la place publique. Estragon, Vladimir, bonsoir à toutes et à tous ! Je n'ai pas compris qui était qui. L'un des deux, qui porte un feutre crasseux sur la tête, fait une harangue, du genre de celles que font les mendiants du métro. Votre attention, s'il vous plaît. Nous avons toutes les raisons de croire que monsieur Godot fréquente cet endroit. Nous le cherchons depuis des années. Ayez la gentillesse de lui dire que nous l'attendons à l'angle des rues D et C aujourd'hui jusqu'à huit heures du soir et qu'ensuite nous serons sur la place K jusqu'à une heure du matin. S'il vous plaît !

Les habitués du café commencent à se sentir agacés et se mettent à les huer. Mon appel à respecter l'élémentaire expérience de l'indigence la plus extrême n'est pas entendu. Surgit Éole avec son tablier noir et sa moustache en croc, qu'il ne cesse de friser de façon menaçante ; il est prêt à entrer en action. Apparaît alors un homme longiligne à l'allure indéfinissable, quelque chose entre un Indien et une star de rock. Il s'excuse auprès des clients et écarte les deux clochards. Éole le présente : mesdames et messieurs, Samuel Beckett. Quelqu'un leur crie : ce n'est pas bien de laisser des voyous déranger les gens. De la façon dont il dit cela, c'est comme s'il s'agissait de chiens errants. Ce ne sont pas des voyous, que je lui réponds. Ah bon ! alors c'est quoi ?, insiste-t-il. Ce sont deux êtres humains qui font l'élémentaire expérience de l'indigence la plus extrême. Vous nous l'avez déjà dit, remarque l'autre. On ne s'entend pas. J'abandonne.

Le même client se retourne maintenant contre Beckett. Vous, vous pourriez aussi ne pas faire de chaque voyou un héros. Je veux dire par là que ce ne sont pas des modèles à suivre pour vos jeunes lecteurs. Je sais qu'on ne parle plus de rois dans les livres. Mais il y a quand même pas mal de cas décents à considérer entre le trône et la mendicité, vous ne trouvez pas ? L'homme grand et fin sourit embarrassé. À moins que vous ne pensiez que votre littérature doive provoquer, exactement comme ces deux vauriens. Vous devez comprendre que vous nous mettez dans une position difficile, on n'arrive pas s'identifier à vos héros. On ne peut tout de même pas descendre à leur niveau, vous comprenez bien cela, n'est-ce pas ? Soit, si vous ne pouvez rien de mieux, faites au moins en sorte qu'ils ne nous dérangent pas ici, pendant qu'on prend tranquillement notre café.

Beckett promet d'être plus prévoyant à l'avenir. Son air d'enfant espiègle, qui essaie d'éviter la punition, n'est pas convaincant. D'ailleurs, au coin de la rue suivante, je le vois qu'il les laisse partir.

Les clients du café continuent à commenter bruyamment l'incident. Dix minutes s'écoulent avant que le calme ne revienne. Puis, chacun de nous replonge dans ses pensées. Arrive alors un homme élégamment habillé. Il porte un couvre-chef, tient une canne à pommeau sculpté. Éole s'approche de lui et ils échangent quelques paroles. Je crois, sans jurer de rien, qu'il l'a appelé « monsieur Godot ». Il demande quelque chose au patron du café, celui-ci lui répond. Un sourire se profile sur son visage ; il a quelque chose de dur, je dirai même d'intransigeant. L'instant d'après Éole se tourne vers moi. Il me voit en train de les suivre du regard et me fait un clin d'œil complice.

L'étrangère

Dimanche midi. Au café d'Éole. Affluence. Arrive une femme plutôt petite ; elle me demande si on peut se partager la table. Bien sûr que l'on peut ! Ses gestes sont calculés, ses yeux brillent dans un visage petit comme une pomme. Elle enlève sa jaquette, prend la carte, se met à la lire de manière compulsive. Éole vient. Elle lui commande un café et un croissant. En attendant, elle ouvre son sac à main, sort son portable qui lui sert de calculatrice, fait l'addition en tapant très vite sur les touches, cherche dans son porte-monnaie le montant exact de la commande ajouté du pourboire et le dépose sur la table.

Son café et son croissant arrivent. Elle l'engloutit en un temps record ; ensuite, elle exhibe un livre, *L'Étranger* de Camus, et se met à lire. À intervalles réguliers, elle lève sa tasse, boit une gorgée et la redépose. Toujours avec le même bruit sonore. Elle souligne méticuleusement des passages du texte. Je lis en cachette : *« J'ai dîné chez Céleste. J'avais déjà commencé à manger lorsqu'il est entré une bizarre petite femme qui m'a demandé si elle pouvait s'asseoir à ma table… »* À l'occasion de ce passage me viennent involontairement des images du roman : le vieux Salamano traînant et insultant son chien, les petits jets d'eau de mer jaillissant comme de la dentelle de la bouche de Marie sur la plage d'Alger, le café au lait que Meursault avait bu précédemment devant la bière de sa mère, la comédie avec Fernandel plus tard, la gifle de l'agent à Raymond (son affaire de femme s'est mal terminée), la course pour attraper le bus pour la plage, Masson le costaud et sa petite femme… les frites, le pain, le poisson et la viande… le café et la cigarette. Pourquoi le repas paraît-il toujours meilleur lorsque les héros d'un livre déjeunent en bord de mer ?

Pris dans mes pensées, je formule ma dernière question à voix haute. La femme me regarde perplexe et elle a bien raison. Excusez-moi, lui dis-je, je parle tout seul… Je souris comme un idiot. Si elle me le permettait, je lui demanderais quelle sensation cela fait d'être un personnage fugitif dans un roman – une page sans importance, un visage muet qui n'est expliqué nulle part et qui est aussitôt oublié par le lecteur. Mais son aspect inexpressif censure une telle audace. Je me contente de l'observer à son insu, et sans le vouloir, je me mets à la comparer à Stavroguine et aux vagabonds de Beckett. Il est préférable d'être une figure féminine anodine d'un roman plutôt que le diable métamorphosé ou encore ces mendiants qui attendent en vain leur Godot.

Pendant ce temps, la mystérieuse petite femme continue à lire et à noter méticuleusement. Enfin, elle remet sa jaquette avec des gestes machinaux et sort du café. N'ayant rien de mieux à faire, je la suis. Elle marche au bord du trottoir avec grande assurance et allégresse, sans dévier et sans regarder derrière elle. Finalement, j'abandonne et je perds de vue l'étrangère. Drôle de train, vraiment mystérieux, que je pense. Et je l'oublie aussitôt.

Beatriz ne passe plus par ici

Et pourtant, Éole a tort lorsqu'il prétend que les mots ne font pas l'image d'une personne. Je le lui dis mais il ne veut pas l'admettre. Donne-moi un exemple. Je lui donne l'exemple de Beatriz Viterbo. Quel est le rapport avec Beatriz ?, qu'il me demande. Oh ! et comment donc qu'il y a un rapport ! Quand on pense que Borges a construit son image en une seule phrase, *« grande, le corps altier, légèrement voutée »*, l'allégation du patron est réfutée. Reflet fugitif dans le miroir de l'imagination d'un conteur agile, une contrée lointaine se meurt, quelque part en un lieu lointain. Sans voix, sans odeur, sans chair – sans allusion aucune à ses yeux. En fait, quelle était la couleur de ses yeux ?

On dirait que Borges la monopolise jalousement dans sa mémoire, et qu'à nous, il n'offre qu'une silhouette vague qui tiendrait à des milliers d'enchanteresses à travers la planète. Une femme grande et au corps altier est d'habitude légèrement voutée. Ensuite, et non sans difficulté, il ajoute une grâce approximative à sa démarche. Cela ne suffit pas pour expliquer la fascination que sème l'écho de son seul nom.

La belle Beatriz, dit Éole en soupirant comme pour se remémorer de cette beauté… Comment sais-tu qu'elle était belle ?, que je lui demande. Pardon ! Comment sais-tu qu'elle était belle ? Je le sais, je le soupçonne. Sinon pourquoi un homme serait-il endeuillé de cette manière pendant des années ? Pourquoi revient-il chaque fois en arrière si ce n'est à cause de sa beauté ? Oui, mais il n'est dit nulle part qu'elle était belle, que j'insiste. Et pourtant il le fait, dit Éole. Où ? Je veux que tu me montres où. Je feuillette *El Aleph* devant lui. Il le fait lorsqu'il se tait, me répond-il. Peut-on décrire quelque chose en se taisant ? Cela me paraît inconcevable. Il se rend compte que je ne suis pas convaincu et joue sa dernière carte : Je t'assure que Beatriz est belle. Tu l'as déjà vue ? Oui. Donc elle est déjà passée par là. Il acquiesce d'un hochement de tête. Je pourrais la voir un de ces jours ? Beatriz ne passe plus par ici, déclare-t-il, et il s'en retourne à sa clientèle.

Deux jours plus tard, je pense toujours à elle et je tente de la reconstituer à travers les miettes narratives de Borges. Pour lui *la señora* Viterbo n'est autre que le prétexte pour atteindre le très convoité Aleph. Cependant, pour moi, elle est quelque chose de plus, elle est passion désormais, passion due justement aux rares informations sur sa personne. À la fin, je prends Éole en aparté et je lui dis. Je dois absolument rencontrer Beatriz, tu dois la trouver pour moi. Je paye cher. Il me regarde abasourdi. Tu es complètement cinglé, tu ne sais plus ce que tu racontes. Fais gaffe, on ne joue pas avec le vieux Borges. Il pourrait te rendre fou. Et surtout, oublie Beatriz. Elle est trop bien pour toi !

Gatsby ira droit au paradis

Éole dit que c'est moi qui perds le nord mais c'est quelqu'un d'autre qui a l'air de perdre la raison. Ces derniers jours se pointe un jeune homme qui est parvenu à monopoliser notre intérêt. Ce n'est pas dans le bon sens que je le dis, tout le monde l'observant avec la curiosité qu'attire sur lui un fou.

Il prend place toujours à la même table, enlève sa veste, la passe sur le dossier de la chaise et se met à taper sans cesse quelque chose qui semble être le début d'un roman. Il s'arrête de temps à autre, s'accroche à ses bretelles avec le pouce puis les fait claquer vivement et bruyamment. Ensuite il retire la feuille de papier de la machine à écrire, la froisse dans le creux de sa main et la jette par terre. Un assistant d'Éole court la ramasser tandis que notre écrivain allume une cigarette et cogite.

L'épisode que je raconte se déroule en séquences. La vieille machine à écrire rugit littéralement entre les doigts de cet homme aux cheveux soigneusement coiffés en arrière sous de riches couches de brillantine. Le martellement des lettres ne s'arrête pas pendant toute la matinée mais le résultat s'avère particulièrement dérisoire. Le jeune écrivain a la manie de répéter à voix haute ce qu'il pense : *« Dès mon âge le plus tendre et le plus facile à influencer, mon père… »*

Je prends Dieu à témoin qu'il n'a pas avancé d'une ligne. Il va y arriver, tout début est difficile, soutient Éole. Oui, mais le temps qu'il y arrive, on sera tous à bout de nerfs. S'il pouvait au moins ne pas claironner ses idées ! Il y a toujours quelque chose qui te dérange, me fait remarquer Éole.

On aborde le sujet de *Gatsby le Magnifique*. Je suis du côté de Gatsby, et toi tu es pour qui ?, que je lui demande. Pourquoi devrais-je être pour quelqu'un ? Parce que c'est comme ça. Soit tu es avec Gatsby, soit avec les autres. Il se met la tête à l'envers pour un court moment et la réponse qu'il me donne me surprend. Pourquoi ne demandes-tu pas à l'écrivain lui-même… Je peux ? Vas-y ! Je vais pour me lever mais je le regrette. Je suis un peu gêné, j'avoue.

Eh bien, moi qui lui ai posé la question, je te transmets sa réponse. L'écrivain, m'a-t-il fait remarquer, ne conclut pas d'alliance avec ses personnages. Il est tenu à distance avec eux. Mais nous ne sommes pas écrivains, nous sommes lecteurs, que je rétorque. Tu as raison. Finalement tu es pour qui ? Tu veux dire si je suis avec Jay Gatsby ou avec Tom Buchanan… Mais ce sont tous les deux des crapules. Oui, mais dans la vie comme en littérature, il y a des bonnes et des mauvaises crapules, et moi je pense que Gatsby est une bonne crapule, tu es d'accord ? En outre, si en littérature il y a un paradis, je pense que Gatsby y va tout droit après son assassinat.

Je n'y avais pas pensé, avoue le patron impressionné. Naturellement qu'il doit y avoir un paradis pour les héros des livres, un lieu post-mortem auquel accèdent tous les personnages que nous avons adulés. Sinon à quoi servirait de lire des livres ? Correct, dit Éole sans que je comprenne vraiment s'il acquiesce ou s'il se fiche de moi. Pendant ce temps, l'écrivain de *Gatsby le Magnifique* se débat encore contre le début de son roman et fulmine contre tout le monde sans épargner son héros.

L'Adieu aux armes

Dès le premier jour, j'avais dit à Éole, et je pense qu'il s'en souvient, que je ne veux jamais entendre parler d'Hemingway. Mais quel pourrait être ton différend avec un écrivain comme Hemingway ? Tu veux parler d'un grand écrivain comme Hemingway ou d'un écrivain médiocre comme Hemingway ?, lui avais-je demandé sans jamais recevoir de réponse. Depuis, j'ai remarqué à une ou deux reprises ses livres posés sur une petite table – il y a des gens qui le lisent encore, me dit-il – mais j'espérais qu'il n'allait pas débarquer en personne, le pape de la littérature moderne ! Jusqu'à ce qu'un jour, je le voie passer le seuil du café et me retrouve être le témoin de l'accueil chaleureux que lui font Éole et ses assistants.

Je ne vais quand même pas fermer la porte de mon café à des célébrités de la littérature parce que toi tu es allergique à d'aucuns, qu'il me lance, alors que je n'ai fait la moindre remarque.

Évidemment, il s'est senti mal à l'aise vis-à-vis de moi. En guise de dédommagement, il m'apporte *L'Adieu aux armes* dédicacé par l'écrivain lui-même. Mais qui pourrait jamais croire que j'ai rencontré Hemingway, et qu'il m'a dédicacé un de ses livres ?, que je dis. Tu es ingrat, m'accuse le patron. Je me suis senti gêné et j'ai pensé que je devrais lui donner une seconde chance.

Je me mets donc à lire l'histoire de Frédéric et de Catherine. Avec Éole qui se penche sans cesse au-dessus de mon épaule.

J'émets un soupir pour lui signifier qu'il devient parfois insupportable. Il se retire le temps de quelques minutes puis revient en force. Afin de retrouver ma tranquillité, j'essaye d'accélérer le rythme de ma lecture. De temps à autre, je l'admets, je saute des pages ou je parcours rapidement du regard certaines autres. Et bien entendu, après avoir refermé mon livre, il me dit : ne me dis pas que tu l'as déjà terminé ? C'est bien la première fois qu'il fait preuve d'un tel intérêt pour mon avis.

Comment lui dire que derrière Frédéric, c'est Hemingway lui-même qui apparaît, et que derrière Catherine, il y a Agnes von Kurowsky ? Comment lui expliquer que je ne supporte pas les livres qui sortent de la vie ? Je ne lui dis rien. Je m'étais trompé sur son compte, que j'admets devant le patron. Mon aveu plaît à Éole. Il m'offre un café et un croissant.

Tu vois ? Tu t'étais trompé sur le compte de notre écrivain. Alors qu'as-tu à dire maintenant ? N'ai-je pas raison en ce qui le concerne ? Au lieu d'une quelconque réponse, je préfère mâchouiller mon croissant en souriant comme une andouille.

S'il est une chose qu'Hemingway m'ait apprise, c'est que nous ne changeons pas avec le temps, nous devenons seulement plus avertis. À retenir…

Appelle-moi Ismaël

Aujourd'hui, je ne sais plus si nous sommes lundi ou mardi, un jeune homme s'approche de moi dans le café d'Éole. « Appelle-moi Ismaël », me dit-il, sans que je lui aie demandé son nom. Pff... ! Il ne manquait plus que toi.

La semaine dernière, je disais à Éole que je n'ai pas lu d'histoire plus incroyable que celle de *Moby Dick*. Que trouves-tu de si incroyable ?, m'avait-il demandé. Je ne m'étais pas donné la peine de répondre puisqu'il était incapable de le comprendre tout seul. Et maintenant, voilà que j'ai ce collant de Melville qui vient se présenter. Jeunot ! Tel que je me l'étais imaginé. J'ai toujours résisté contre les écrivains qui ratent leurs narrateurs. Je veux dire par là qu'une histoire comme celle-là, tu ne la fais par narrer par le premier venu. Et ça veut dire quoi, « Appelle-moi Ismaël » ?

Je vais vous dire moi ce que ça veut dire. Tu ne sais pas qui est cette personne qui va conter ton histoire. Tu l'as choisie par hasard comme si tu l'avais ramassée dans la rue. Tu veux bien devenir mon narrateur ?, lui demandes-tu. Comment t'appelles-tu ? « Appelle-moi Ismaël », qu'il te répond comme ça, fortuitement. Un voyou ; tu ne sais pas d'où il sort ; sans qualifications et comme par magie tu lui fais parler d'un tas de choses. Art, géologie, anatomie, codes juridiques, littérature. Ce n'est pas rien tout ça. En revanche, tu ne nous expliques pas où il puise ses connaissances – ou plutôt tu nous dis que le grand cachalot est son Yale et son Harvard.

Tu nous prends sans doute pour des imbéciles, mon cher. Et comme si cela ne suffisait pas, j'ai maintenant devant moi ton luminaire me disant « Appelle-moi Ismaël » .

Quand je l'aurai envoyé au diable, je pense t'écrire une lettre. Elle commencera à peu près comme ça : « Cher monsieur Melville, en lisant l'incroyable histoire de *Moby Dick* des questions que j'aimerais partager avec vous ont surgi dans ma tête. » Ou bien alors : « Cher auteur de *Moby Dick*, vous lisez la lettre d'un lecteur offusqué. » Ou si je me fâche un peu plus, dans ce cas-là, elle commencera ainsi : « J'en ai déjà lu des hâbleries et des rodomontades de charlatans et de fumiers de toutes sortes mais votre cas, ô écrivain de *Moby Dick*, est sans précédent. »

Et lorsque je dis à Éole que je n'ai pas lu d'histoire plus inouïe que celle de *Moby Dick*, je ne me réfère pas à l'histoire en tant que telle. J'y crois, à l'histoire, comme je crois Homère ou Cervantes. Mais je ne peux souffrir un narrateur aussi imposteur qu'Ismaël. Non, je ne le peux pas. Et c'est ce que j'aimerais que vous compreniez – Éole d'abord, puis vous, cher monsieur Melville !

Ulysse à Dublin

Trois jours plus tard, au café d'Éole, on s'apprête à recevoir Ulysse. Moment historique, tu comprends, me dit le patron. Je m'imagine le moment où Sa Majesté James Joyce va arriver ici avec sa suite – pas avec son minable de frère, j'espère, celui qui pour lui plaire cognait les habitués des pubs de sa région. Éole et ses assistants feront la queue pour lui adresser leurs respects. Les lecteurs applaudiront debout, quant aux confrères… les sentiments sont mitigés. Les uns manifesteront leur appréhension, d'autres leur admiration, d'autres encore de la jalousie et un petit nombre, à peine quelques-uns, se montreront indifférents.

Je ne sais pourquoi mais lorsque je lisais l'*Ulysse* de Dublin, je l'identifiais toujours avec Joyce lui-même. Erreur ! Même erreur quand je reconnaissais Beckett dans le personnage de Stephen Dedalus.

Et donc lorsque je verrai notre écrivain, j'aurai le sentiment de voir Leopold Bloom. Je serai en droit de me demander : pourquoi tant d'honneurs à un petit employé anodin dublinois qui, un jour aléatoire de sa vie – aléatoire mais sûrement pas quelconque –, est devenu un vrai sujet homérique ? Qui est ce mister Bloom qui s'aventure dans des épreuves analogues à celles d'Ulysse ?

L'île d'Éole pourrait-elle au moins ne pas être les bureaux d'un journal ouvert à tous les vents, mais bel et bien le café éponyme ? Ici aussi soufflent des vents, en l'occurrence ceux de la littérature. Je le fais remarquer à Éole, qui en est ravi. Je sais comment me montrer agréable aux autres, comment flatter leur vanité s'il le faut.

En attendant, j'essaye de faire mes propres associations dans l'Athènes d'aujourd'hui. Si tu cherches les sirènes, il y en a plein les bars de strip-tease, et Circé, elle, séduit dans les bordels de la ville nocturne. J'en parle à Éole et je recueille sa réprobation. Bon d'accord… mais quand même ! Ben, comment alors ? Et quand c'est Joyce lui-même qui l'écrit ? Ce n'est pas pareil, tranche-t-il. Je lui rappelle le monologue immonde de Molly. C'est différent, qu'il insiste.

Entre les discussions et les préparatifs, les jours passent sans que Joyce fasse son apparition. Il va venir, affirme le patron, en inclinant la tête comme pour rassurer. J'en doute. J'ai envie de lui dire ce que je pense. À savoir qu'Ulysse est resté à Dublin. Mais je crains que cela ne soit perçu comme de l'aigreur de ma part et je me retiens. Mais qu'allons-nous devenir sans Joyce ? Cet homme était quand même une certaine solution.

Le tribunal du peuple

L'autre jour, j'entre dans le café d'Éole et je tombe sur une querelle littéraire. Deux hommes et une femme installés à l'une des tables de la première rangée se livrent à une logomachie enflammée. Je n'en saisis pas tout de suite la raison. Éole, qui est déjà intervenu, s'approche de moi et me dit : nous parlons d'Hester Prynne et nous allons avoir besoin de ton avis. Pendant ce temps, la controverse se répand et en quelques minutes, elle devient le seul sujet de conversation de la noble clientèle. On ne voit pas le bout de l'histoire et quelqu'un propose donc de passer au vote.

Hester Prynne : une femme immorale qui mérite les tourments qu'elle endure.

Hester Prynne : une vraie héroïne de la littérature.

Je fais remarquer à Éole que la question est déjà tranchée. Je sais qu'il ne va pas m'écouter. Il veut à tout prix entretenir l'intérêt de ses clients. Je comprends. Je pense à Hester et à la lettre écarlate sur sa poitrine, alors qu'il évoque l'étoile jaune sur le revers de la veste des juifs. Je dis tout haut ce que je pense, quitte à provoquer des réactions impétueuses. Je viens juste de réaliser que parmi les habitués se sont infiltrés des membres de la société des puritains de la Nouvelle-Angleterre qui figurent dans le roman.

Je me tourne vers l'un d'eux et je lui demande hardiment : si Hester était un homme, la lettre sur la poitrine aurait-elle un sens ? L'adultère, c'est l'adultère pour tout le monde, on est bien d'accord ? La réponse me parvient de là où je ne m'y attends pas. Une femme d'âge moyen du dix-septième siècle au nez pointu et aux yeux malicieux hurle « avant tout la morale, avant tout la morale ! » Et si je me mettais à brailler « avant tout ta laideur », je ferais preuve de sexisme, on est d'accord ? Évidemment ! D'ailleurs, c'est bien pour ça que je me tais.

La tension ne diminue pas et ça inquiète Éole. Par chance, un client installé à une table du fond de la salle – d'aucuns murmurent qu'il s'agit de Nathaniel Hawthorne – a une excellente idée.

Il propose d'établir une sorte de tribunal populaire. Les personnages du roman, protagonistes et comparses, vont être appelés à dire la vérité devant le lectorat. Et avant de décider, nous allons entendre l'apologie d'Hester.

Certains refusent de jouer le jeu. C'est absurde, chuchotent-ils entre eux. D'autres, et j'en fais partie, nous acceptons volontiers de participer. Cependant, je prends Éole à l'écart. Tu te rends bien compte, j'imagine, dans quel jeu absurde tu nous as mis. Il sourit avec malignité et je retourne à ma table. On me sert mon café. Avec la première gorgée, j'ouvre *La Lettre écarlate* et commence à lire. Bientôt, je vais voir Hester Prynne franchir le seuil du café.

L'Honneur perdu de Katharina Blum

Ambiance bien étrange au café d'Éole. L'épisode récent concernant Hester Prynne avait créé un climat de récriminations. Un commentaire indécent sur l'honneur perdu de Katharina Blum provoque une prise de bec. Le coupable est de ceux qui font honte à la gent masculine. Heureusement que tous les hommes ne sont pas pareils. J'ai à peine le temps d'ouvrir la bouche que quelqu'un s'est déjà chargé de remettre ce monsieur à sa place. Éole s'interpose bien entendu pour éteindre le feu. Il veut être en bonne entente avec tout le monde. Je n'approuve pas, et ça, je le lui ai déjà signalé. D'autre part je reconnais que ce ne peut être autrement.

Je reviens à l'honneur perdu de Katharina Blum, qu'un certain énergumène a essayé de rapprocher de l'honneur perdu d'Hester Prynne. Ce n'est pas pareil, conteste la majorité de l'assemblée. Je ne suis pas d'accord.

Pendant ce temps, quelqu'un récite par cœur la publication de la presse jaune : « Première victime avérée de Katharina Blum – elle continue de circuler librement ! – c'est sans conteste sa propre mère, qui n'a pu supporter la honte en apprenant les dévergondages de sa fille. Inadmissible de voir une mère agonisante pendant que la fille danse langoureusement et passionnément avec un voleur et assassin ! »

La clientèle manifeste ses réactions. Elle lui crie de fermer sa gueule et de s'asseoir. Le monsieur en question, et il ne s'agit pas de la pierre de scandale, ne renonce pas et poursuit de plus belle : « Est-elle vraiment si froide et calculatrice cette femme ? La femme d'un de ses anciens employeurs, un médecin de province renommé, la caractérise ainsi : "Aguicheuse et allumeuse ! J'aurais dû la renvoyer car mes fils grandissaient. En outre, je pensais aux clients de mon mari et à sa réputation." Est-ce que Katharina B.... ? »

À cet endroit précis, un autre se lève et lui jette un verre d'eau en pleine figure. Une altercation menace, le patron du café et ses assistants s'interposent. Qui sème le vent récolte la tempête, Éole. Je suis vraiment curieux de voir comment l'honneur perdu de la littérature sera maintenant rétabli.

Je lis quelques pages du roman d'Heinrich Böll. La jeune et jolie gouvernante… Me vient alors à l'esprit cette hideuse femme qui criait l'autre jour « avant tout la morale ». La beauté est la première victime dans ce monde. Katharina Blum, qui un jour danse avec un criminel recherché par la police et le jour suivant avec les diffamations du journal. Son honneur perdu est une mort lente qui mérite d'être vengée. Mort à Tötges ! Mort aux journalistes corrompus ! Dans ma fureur, je ne réalise pas que j'ai prononcé ces mots. Éole me rappelle à l'ordre. Personne ne se soucie de l'honneur perdu de Katharina Blum.

Infidélité de lectrice

Au café d'Éole, diagonalement à gauche et vers le fond de la salle, une femme installée à une table conte une drôle d'histoire d'infidélité. Elle parle posément, distinctement, comme si elle lisait les souvenirs surgissant instantanément dans son cerveau. Sa narration impressionne et génère des questions. Bien qu'elle demande poliment qu'on ne l'interrompe pas dans son débit, il y en a toujours un qui demande quelque chose. Un peu de patience et vous comprendrez, répond-elle, puis elle continue de parler.

L'histoire se déroule, selon ses dires, vingt ans plus tôt. Cela aurait néanmoins pu survenir hier, ainsi qu'on le fait remarquer dans l'auditoire. Cette femme, en chair et en os, prétend être tombée amoureuse d'un personnage de roman et avoir vécu avec lui le grand amour.

J'étais mariée, vous comprenez, se hâte-t-elle d'expliquer. Et vous considérez cela comme un adultère, lui demande quelqu'un. Pas vous ? Vous êtes trop sévère avec vous-même. De nombreuses femmes font comme vous, ce qui justifie la floraison des romans d'amour. Vous pensez ? Eh bien, je vous assure que je ne lis pas de romans d'amour, répond-elle.

Mais auparavant, elle avait déclaré qu'à cette époque-là, elle désirait s'éprendre d'un de ces irrésistibles mâles à la mâchoire saillante qui tiennent le premier rôle dans les romans. Je pensais que vous, les femmes, vous tombiez amoureuses de notre esprit, continue de la défier avec ironie le même homme. Les femmes aussi ont droit à la beauté, n'est-ce pas, lui répond-elle.

Je suis prêt à prendre son parti mais je me retiens.

En revanche, la sympathique lectrice insiste sur le fait que l'aventure qu'elle nous raconte comporte tous les ingrédients du vrai amour. Mais elle refuse de dévoiler l'identité de son « amant ». Les éléments que je vais vous donner vous permettront de comprendre de qui il s'agit, nous dit-elle. Personne ne comprend. Je me suis éprise de lui presque dès la première page, avoue-t-elle. Il était le héros d'un de ces romans qui donne l'illusion au lecteur de participer à l'action.

Et c'était un mâle irrésistible à la mâchoire saillante, l'interrompt une fois de plus son auditeur indiscret. Oui, en effet, lui répond-elle. Comment en êtes-vous si sûre ? Je veux dire… Ne vous fatiguez pas. Je vous explique sans ambages que, en l'occurrence, dans ce roman, l'écrivain rendait ses personnages vivants. Exactement tels que nous les voyons défiler ici, dans notre estimable café. L'homme tente à nouveau de dire quelque chose. Mais enfin, laissez-la continuer, lui lancent furieusement certains auditeurs.

Il est clair que son histoire fascine tout le monde. La lectrice rapporte avec force détails palpitants son idylle depuis leur première rencontre et jusqu'à leur rupture. Elle nous dévoile les refuges du couple ; le langage codé qu'ils utilisaient ; l'attente exaltée du héros qu'elle ouvre enfin son livre pour la retrouver. L'ardeur avec laquelle elle l'ouvrait. Ici, elle nous explique que les héros des livres considèrent que c'est les traiter avec beaucoup d'égards que d'être remarqué par une personne réelle. Elle nous raconte également leurs stratagèmes pour que l'auteur ne dévoile pas le secret de leur relation. Et elle nous explique enfin que les écrivains sont follement jaloux de leurs héros.

Et de votre mari, vous ne vous cachiez pas de lui, lance de façon narquoise le raseur de tout à l'heure. Naturellement que je ma cachais aussi de mon époux, qu'elle répond. Je suppose que vous ne le lui avez jamais dit. Non, jamais. Et vous avez pensé au divorce ? Oui, j'y ai pensé. J'y ai pensé plusieurs fois. Vous considériez donc que vous le trompiez pour de vrai, que tout ça c'était vrai. Mais ça l'était. De toute façon, l'amour n'est qu'une idée que l'on se fait… Vous avez raison, ce n'est rien d'autre qu'une simple idée, acquiesce finalement l'homme ironique.

Au fur et à mesure que la fin de l'histoire approche, la voix de la femme se met tantôt à trembler tantôt à s'érailler. Son émotion la trahit. Je sais que ce n'est pas bien mais mes bonnes manières cèdent devant la curiosité. Je me retourne et me trouve face à une femme au crépuscule de sa jeunesse. Son visage ne cesse de changer de forme au gré de son embarras. Dans son regard humide, on ne perçoit que l'attente.

Peu après, Éole me dit qu'elle prend ses désirs pour des réalités. Elle attend de voir son amoureux passer par la porte du café. Mais nous savons bien, toi et moi, que tout cela n'existe que dans les livres, n'est-ce pas ? Je me trouve dans une position difficile car je ne sais que répondre.

Il n'y a pas de justice

Ne soyez pas surpris de me voir, aujourd'hui, silencieux, assis à ma petite table au café d'Éole. Je suis énervé contre tout et tout le monde. Le patron l'a immédiatement compris dès qu'il m'a vu. Qu'est-ce que tu as ?, m'a-t-il demandé en me servant mon café. Je ne lui ai pas répondu et il m'a laissé en paix. Maintenant il me regarde en train de monologuer. D'un instant à l'autre, il va abandonner les verres et les tasses qu'il astique depuis un bon bout de temps et va revenir vers moi pour me reposer la même question. Mais il ne recevra toujours pas de réponse.

Je me suis réveillé avec une mystérieuse colère ce matin. Pas si mystérieuse que ça, pour être honnête. Je ressasse dans ma tête les lectures de ces derniers jours. Trois histoires courtes, l'une pas si courte que ça, étant donné qu'il s'agit d'un roman. Dans les trois, il y a une figure féminine fourbe. Exactement comme vous venez de l'entendre, fourbe ! D'une Irlandaise frustrée appelée Evelyn, je passe à une mondaine de Long Island nommée Nancy, et d'elle à une prostituée latino-américaine, la candide Erendira. Combien candide peut être une femme qui s'exhibe, je n'en sais rien… mais c'est l'ironie qui relève de l'écriture et je ne veux pas m'en mêler. Ce que je sais c'est que, primo, Evelyne ne partira jamais avec Franck. Je suis exaspéré ! Que secundo, Nancy ne quittera jamais ce vaurien de Tom Buchanan pour le magnifique

Gatsby. C'est vraiment à se demander ! Erendira largue sec l'amant qui la libère. Ciel !

J'ai tous les droits d'être exaspéré et je ne suis pas disposé à partager mes interrogations avec le patron. Éole est toujours enclin à justifier les écrivains et leurs héros. Est-ce parce qu'ils font partie de sa clientèle et qu'il ne désire pas les contrarier ? Probablement. Mais moi, je n'ai aucune relation particulière avec eux, et je suis donc libre d'accuser aussi bien les uns que les autres de partialité. Il n'y a pas que les écrivains qui font preuve de partialité, leurs protagonistes aussi. Je suis certain qu'à la fin, Joyce ne savait plus quoi faire de son héroïne. Aussi certain que Fitzgerald aurait aimé voir Nancy aux côtés de son héros. Et quand bien lui-même ne l'aurait pas voulu, Gatsby l'aurait enjoint de le faire. C'est dans les habitudes des protagonistes, sinon, ils ne seraient pas protagonistes. En revanche, Erendira me donne l'impression qu'elle veut vivre avec son Ulises. Mais Márquez, ce vieux renard, intervient pour l'ensorceler avec ses potions narratives.

Si je dis tout ça à Éole il va me traiter de fou. Et donc, je vous le dis à vous, qui n'êtes que de simples lecteurs comme moi, et qui me comprenez. Si vous me voyez parler tout seul ici, à ma place habituelle au café d'Éole, ne pensez pas que j'aie perdu la boule. Je suis tout simplement un lecteur exaspéré qui cherche à rendre justice.

Le Prix de l'honnêteté

De très bonne heure, au café d'Éole, l'amour entre par la porte latérale.

Elle s'installe à une table et commande un café. Le patron remarque immédiatement mon intérêt et se précipite vers moi pour me signaler : ne te fais pas d'illusions !

Il voit bien que je suis vexé – et j'ai raison de l'être. Je n'avais pas l'intention de te sous-estimer mais cela n'a rien à voir avec le physique, me dit-il. Quoique cela tienne aussi à cela.

Il s'agit d'une créature divine et ma description ne serait pas à la hauteur de sa beauté. Les mots ne suffisent pas dans certains cas, du moins c'est ce que je pense. Éole insiste pourtant sur le fait qu'il n'y a aucun rapport avec le physique. Si ce n'est pas avec le physique, alors, quel est le rapport ?, que je demande.

Écoute, cette fille a une passion pour les livres et les écrivains. Elle ne daignera pas facilement t'adresser la parole. Elle vient ici dans le seul but de connaître un écrivain célèbre. Tu vois bien… Je vois quoi ? Qu'elle est trop bien pour moi, c'est ça ?

Exactement… sauf si… Sauf si ?

Eh bien voilà, je pense qu'elle mérite qu'on lui joue un petit tour. Depuis que je la vois ici, hautaine et inaccessible à nous autres communs des mortels, tu comprends ce que je veux dire, j'ai vraiment envie de lui dire : pour qui tu te prends, ma jolie ?

Cet accès d'indignation d'Éole n'est pas sans me surprendre agréablement. C'est la première fois qu'il me parle comme à un ami. C'est la raison pour laquelle je décide de prendre part à une plaisanterie qui, je sais, va mal se terminer.

Mon rôle m'impose d'incarner un célèbre écrivain américain contemporain, Télémaque Smith. Facile. Les écrivains ont un air absent, un air ahuri et pour tout ce qui les concerne, ils laissent leur silence agaçant parler d'eux. Éole va prendre soin de l'informer que mes livres sont simultanément traduits en une trentaine de langues et que sous peu ma renommée sera mondiale. C'est sous ces qualités que je vais pouvoir aborder sans obstacles la jeune fille. Si elle me pose des questions au sujet d'un de mes romans, je vais faire allusion à mon chef-d'œuvre, *Price of Honesty*[1]. Titre imposant qui va l'impressionner, j'en suis persuadé. Je vais lui proposer un dîner féérique. Je vais la laisser choisir le restaurant, puisqu'elle prétend mieux connaître la ville que moi.

Pendant le repas, nous parlerons des plus belles pages de la littérature, accordant naturellement plus d'importance à l'amour. Je me demande quels peuvent être ses romans d'amour préférés. Quel est le genre d'homme qui la ferait réellement vibrer. Peut-être trouverai-je l'occasion de lui prendre la main. Cela me paraît si difficile de l'approcher, aussi difficile que pour un chasseur de toucher des oiseaux sauvages. Et ça me désole de savoir que quand j'aurai enfin gagné sa confiance, il me faudra laisser tout ce bel édifice s'effondrer devant ses yeux comme un château en Espagne, et lui avouer la vérité. Tôt ou tard, il va bien falloir que je le fasse avant de me ridiculiser. Ensuite, elle viendra au café

1. En anglais dans le texte original.

d'Éole, feignant de ne pas me voir et le patron hochera la tête d'un air réprobateur parce que je lui aurai tout avoué tout seul. Mais je suis comme ça. Je n'aime pas mentir. Pensez-vous que j'aie choisi le titre *Le Prix de l'honnêteté* de façon aléatoire ? Bien sûr que non !

Ah… Erendira !
Mais qui est vraiment innocent ?

Journées sans intérêt au café d'Éole. Des clients qui feuillettent des livres avec indifférence et qui soupirent au-dessus de leur tasse de café refroidi depuis un bout de temps ; des cigarettes à moitié éteintes dans les cendriers ; des regards plongés dans un vague ennui. Le patron du café sort de temps à autre sur le trottoir et feint de secouer sa serviette. En réalité, il surveille la rue en attendant une personne notoire qui n'a pas l'air de venir.

Il passe devant moi en hochant sa grosse tête avec équivoque. Je lui réponds par un signe analogue. Cette situation ne peut durer indéfiniment. D'où quelqu'un qui bondit d'un coin du café et qui, brandissant l'histoire de la candide Erendira et de son impitoyable grand-mère, s'écrie : personne n'est vraiment innocent ! Personne !

On se retourne tous pour le regarder avec perplexité mais aussi avec un prétendu intérêt. Nous avons besoin de nous accrocher à quelque chose pour retrouver notre entrain. Et pour commencer, Éole lui-même – quoiqu'il lui dise : assieds-toi et arrête de déranger les gens. À vrai dire, il a envie de dire : nous t'écoutons, dis-nous pourquoi Erendira n'est pas innocente.

Le client, intimidé par l'intervention du patron, se rassoit. Les autres clients s'en prennent à Éole. Tu as vu ce que tu as fait, lui disent-ils. Pourquoi est-ce que tu t'en mêles ? Alors, pour remonter le moral de son client, il l'incite à parler. Celui-ci se montre récalcitrant et refuse d'un signe de tête.

Allez, tu vois bien que tout le monde te réclame. Parle-nous. Du coup, il bondit de nouveau de sa chaise et déclare : je vais parler mais à une condition, vous allez tous admettre que personne n'est innocent. On l'admet, dit l'un d'eux. On n'a rien à perdre. Ah ! je ne sais pas, dit un autre. Qui peut nous obliger à admettre une chose pareille ? Et si quelqu'un était vraiment innocent ?

Allez, les gars, arrêtez, ça n'a déjà pas été facile de le convaincre à parler. Admettez-le, un point c'est tout, supplie Éole.

Comme on ne parvient pas à voir le bout de cette affaire, je m'interpose en proposant de lire l'histoire de la candide Erendira afin de décider, texte à l'appui.

Parfait, dit le premier client. Il n'est pas trop long. Nous l'aurons lu d'ici midi. Il commence d'ailleurs, sans notre accord, à lire lentement et à voix haute le texte de Márquez. Personne n'ose l'interrompre. Malgré cela, il y en a toujours un qui émet une exclamation ou un jugement avec pour cible principale la cruelle grand-mère. Je veux bien comprendre l'indignation de tous à l'égard de cette créature immorale et sans-cœur, par contre, il m'est impossible d'appréhender la déception générale que suscite la fin de cette incroyable histoire. Puisque personne n'est vraiment innocent ! Alors ? Maintenant que vous avez entendu le texte, qu'en pensez-vous, dis-je en m'adressant à l'honorable assemblée. Le message transmis par Márquez est clair, leur dis-je pour anticiper leurs réponses. La littérature ne transmet pas de message, remarque l'un. Moi je me suis un peu absenté et je n'ai pas entendu le texte, dit le deuxième. Et moi qui l'ai entendu, je n'arrive pas à décider, avoue le troisième. Ah ! mais vous êtes impossibles, s'écrie le type qui s'est donné la peine de nous lire la nouvelle. Avouez donc, personne n'est innocent ! Parle pour toi-même, s'oppose le premier. Absolument d'accord, lance le deuxième. Personne ne peut nous forcer à avouer une chose pareille contre notre gré, surenchérit le troisième.

Une nouvelle querelle menace de séparer l'assemblée et je suis bien curieux de voir comment le patron va éteindre le feu qu'il a allumé.

Ah ! Erendira… Erendira ! Tu as au moins redonné sens à nos tristes journées au café d'Éole.

Si la montagne ne vient pas à Mahomet…

… C'est Mahomet qui ira à la montagne.

Mercredi matin au café d'Éole. Une matinée comme toutes les autres. Le café est insipide, les livres n'ont aucune saveur. On ne s'attend à rien d'extraordinaire. Soudain, entre un homme grand, coiffé d'un borsalino et arborant un air de personnage issu d'un vieux roman. Je suis votre écrivain préféré, qu'il se présente à moi. De la main droite, il relève légèrement son couvre-chef et le laisse retomber avec la même légèreté sur sa tête. Comment le savez-vous ? Quoi ? Que vous êtes mon écrivain préféré. Je le sais. Vous pensez que vous seuls avez le privilège de nous lire ? Nous aussi on vous lit, tout comme vous. Il rit. Je lui réponds que ce qu'il dit est extravagant, même si cela peut être vrai. C'est mon écrivain préféré, quoique maintenant que je le voie de près…

Je me demande ce que signifie écrivain préféré. Un jour tu lis un livre et tu es passionné. Et c'est le début de tes amours littéraires. Le lendemain tu te trouves devant un texte mou et fade. Tu refermes le livre en blâmant. Et voilà la fin d'une belle histoire d'amour.

Je fixe l'écrivain dans les yeux et je me délecte de sa hantise d'être mon préféré. Combien de temps pense-t-il que cela va durer ? Un jour comme aujourd'hui où rien ne me passionnera, tombera dans mes mains un livre différent de tous ceux que j'aurai déjà lus. Telle une femme dont on n'avait pas imaginé la beauté et dont on tombe amoureux en un claquement des doigts. Il n'y a pas d'amants plus infidèles que les lecteurs, sachez-le. Il s'en rendra bien compte, cet écrivain prétentieux, la prochaine fois où il me verra au café d'Éole en train de lire extasié le livre d'un autre. Sa vanité tombera par terre et se brisera en mille morceaux comme du verre. Peut-être me fera-t-il même une scène de jalousie. Éole qui n'aime pas les accrochages dans son café l'évincera poliment. Il lui montrera sans doute la sortie. Et tout se terminera là.

En attendant, mon provisoire écrivain préféré continue de sourire et de se confondre en affectations, relevant et reposant son chapeau sur sa tête chaque fois qu'il sollicite une approbation. Je sais qu'il souhaiterait prendre place à côté de moi. Il hésite à me le demander, je ne le lui propose pas. Je le laisse debout, lui faisant croire qu'il dérange. Sans doute qu'à un moment donné Éole, qui ne l'a pas encore reconnu, viendra lui dire sévèrement : sortez, monsieur ! Vous ne voyez donc pas que vous dérangez ? Dur le sort des écrivains préférés !

La Dame de pique

Depuis ce matin, un jeune homme arpente le trottoir devant le café d'Éole en soliloquant. Impossible de comprendre ses propos. Il tient en main trois pièces d'un jeu de cartes. Trois, sept, as. Il les montre aux passants et leur dit quelque chose. Personne n'y accorde de l'importance. Je demande au patron : qui est-ce ? Un fou. Un fou ? Que ça ? Que ça. Il a tenté d'entrer dans le café à trois reprises et on l'en a évincé. Il va semer la pagaille si je le laisse entrer, tu comprends ?, tente de m'expliquer Éole. Je ne comprends pas, mais ce ne sont pas mes oignons.

Pourtant, je trouve qu'il y a quelque chose d'émouvant dans son comportement. Je sors dans la rue et lui tends la main. J'aimerais lui offrir un café. Cela le surprend. Agréablement, désagréablement, je ne saurais le dire. Eh bien, lui dis-je, ne penses-tu pas que l'on devrait faire connaissance ? Hermann, me répond-il. Hermann… quoi ? Hermann, répète-t-il. Cela me suffit. Et que fais-tu ici depuis ce matin, Hermann ? Trois, sept, as, qu'il marmonne comme hypnotisé.

Il se met à me raconter sa brève histoire. Il se souvient vaguement d'Élisabeth Ivanovna et du flirt frivole qui devait le conduire à la comtesse. Cependant, il évoque avec force détails la mort de la vieille dame. Ce n'est pas moi qui l'ai tuée, tu comprends ? Je discerne une étincelle de paranoïa dans son regard. Évidemment ! Tous ceux qui ont lu *La Dame de pique* l'ont bien assimilé, que je lui réponds. Il rit jaune. *La dame de pique*… Si tu veux savoir, nous avions convenu autrement avec Pouchkine. Je n'en doute pas, que je réponds embarrassé. Non, mais c'est vrai ! Sur quoi veux-tu que je jure ? Si, si, je te crois, lui dis-je, en posant ma main sur son épaule. On ne peut pas faire confiance aux écrivains, en fin de compte. Ça c'est bien vrai. Tu as eu affaire avec l'un d'entre eux, toi aussi, me demande-t-il. Je ne suis pas un personnage de littérature, je ne suis que lecteur… Tu as de la veine, me dit-il, tu as de la veine… Moi, j'ai cru aux promesses de Pouchkine et regarde où j'en suis… dans un asile de fou. Cette foutue dame ne faisait pas partie de notre accord. T'es-tu jamais demandé si ce n'était pas vraiment de la faute de Pouchkine ? Si ce Tchekalinski n'aurait pas triché à tes dépens, ce soir-là ? Tchekalinski…, grimace-t-il avec dédain. Et qui est Tchekalinski, hein, dis-moi ? Une marionnette du grand poète. Crois-moi, ne fais pas confiance aux écrivains – et encore moins aux poètes.

Soudain, je me souviens de Raskolnikov et de tout ce qu'il avait déballé la dernière fois contre Dostoïevski. Les héros auront toujours à se plaindre de leurs écrivains. C'est comme ça.

La voilà, la voilà, encore la dame, s'écrie-t-il. Trois, sept, dame… où est passé mon as, où est passé mon as ? Oh ! mais laisse donc l'as et la dame et viens que je t'offre un café, lui dis-je avec fermeté. Ils vont bientôt venir me passer la camisole de force. On a à peine le temps, admet-il.

Éole se précipite pour nous frayer le passage. Je le regarde sévèrement et il nous ouvre la voie. Il était temps, monsieur le patron. Un brin d'humanité ne peut nuire. Trois, sept, as… trois, sept, dame. Quelle importance ?

Tout ça pour un manteau !

Les soucis des héros n'ont pas de fin et la faute revient aux écrivains, bien sûr. À quand ce jour où il y aura moins de malheurs dans les livres ? Quand est-ce que de pauvres bougres comme Akaki Akakievitch cesseront de fréquenter le café d'Éole ? Il est venu avant-hier, son lourd manteau sur le dos, dans la chaleur torride de midi. Pauvre type qu'un simple souffle suffirait à jeter par terre. Une bande de petits malins, qui sont un peu partout et encore plus au café d'Éole, ont commencé à se payer sa tête. Certains sont allés trop loin et se sont mis à faire des gestes déplaisants. Ils le tiraillaient par ci, le tiraillaient par là, et cet infortuné se contentait de sourire. Les protagonistes des livres ne bénéficient-ils pas du droit d'asile ? J'attire l'attention d'Éole. Nous sommes en démocratie, qu'il répond. On ne s'en sort pas.

Je décide de ne pas m'en mêler mais en fin de compte, je n'arrive plus à me retenir et je m'interpose. Vous ne pensez pas que vous abusez, chers amis ? Occupe-toi de tes oignons, mon pote. Je m'occupe de mes oignons mais ce qui se passe ici relève d'un acte punissable. Je vais appeler la police. C'est ça, tu nous fais peur. Vous devriez avoir honte, baraqués comme vous êtes, de vous en prendre à des plus faibles. Tu préfères qu'on s'en prenne à toi ? Je vais appeler Éole, il va vous remettre à votre place, que je les menace. Pourtant, je sais bien que le patron ne sera pas à mes côtés.

Le plus costaud de la bande se lève et se met à gesticuler. Je tente de le repousser mais je n'y arrive pas. Les autres rient. Aidez-moi ! Personne ne prend position. Tout le monde fait l'autruche. Soudain, il se passe quelque chose, quelque chose qui n'arrive que dans les romans. Je vois Akaki Akakievitch ôter son manteau et retrousser ses manches. Où trouve-t-il le courage et la force de me défendre ? Il attrape le gaillard par le col et le dépose raide sur une chaise. N'essaie pas de te lever, ce sera ton dernier mouvement, qu'il le prévient. Les habitués du café ont le sang qui se glace. Éole se précipite vers nous mais n'ose s'en prendre au héros de Gogol.

Mais Akaki Akakievitch se souvient subitement de son manteau. Il se met à crier. Où est mon manteau, qui l'a pris ? Toi... toi... toi... À quoi vous sert votre manteau par cette chaleur ? Lui n'est pas du même avis. Il agite son poing à la face des clients et les terrifie. Calmez-vous Akaki Akakievitch, calmez-vous. Mon manteau, espèces de salauds, mon manteau ! Tout le monde se met à chercher, Éole le premier. Si on ne retrouve pas son manteau, il est capable de casser les vitres. Comme par enchantement, on le dégote. Akaki Akakievitch l'endosse et se transforme de nouveau en ce piètre et pitoyable petit employé. Mais personne ne s'en rend compte. Heureusement ! Le misérable profite de l'embarras des clients et s'éloigne aussitôt. Éole émet un soupir de soulagement et chacun de nous retourne à sa place. Tout va bien, messieurs, tout va bien. Délectez-vous de votre café et de votre lecture, qu'il dit.

La famille Samsa

La famille Samsa au café d'Éole. Moment historique, déclare le patron. Sans blague ! Ses membres ont acquis renommée et fortune après *La Métamorphose*. Ils sont désormais aussi célèbres que leur créateur.

Sa majesté le père entre le premier. Suivent la mère et Grete avec son fiancé, un jeune homme charmant. Il paraît qu'elle l'a littéralement acheté avec son argent. Pauvre Gregor ! Tu t'es sacrifié pour la prospérité de ta famille. Si au moins ils le méritaient. Tellement antipathiques ! Je n'ai jamais vu une telle fatuité chez d'autres héros de la littérature. Je le signale à Éole. Il ne partage pas mon point de vue.

Il accourt vers eux pour les accueillir et les installe à la meilleure table. Ses assistants se mettent en quatre pour les servir. Le comble !

Mais les choses ne sont peut-être pas comme elles en ont l'air. Si la métamorphose est une maladie familiale, comme on le prétend, dans ce cas les autres membres risquent à tout moment d'avoir le même sort que Gregor. Je le dis à Éole et il rigole. Niaiseries ! Ce genre de chose n'arrive qu'une fois. Je n'en suis pas si sûr. Et si cette jeune fille fraîche et juteuse, telle que la décrit Kafka, se transformait en cafard, j'aurais bien aimé voir la tête de ses parents qui, bienheureux, dégustent leur café ! Et ce bellâtre qui l'étreint tendrement, il serait le premier à l'écraser dans un coin avec la pointe de sa chaussure !

Un client à côté de moi lit à voix haute : *« En se réveillant un matin après des rêves agités, Gregor Samsa se retrouva, dans son lit, métamorphosé en un monstrueux insecte. Il était sur le dos… »* Les membres de la famille Samsa se tournent vers lui et le regardent, flattés. Personne ne prend donc au sérieux le sort tragique de Gregor ? Personne n'est en deuil pour lui ?, que je m'interroge.

Une légère nuance de mélancolie sur le visage de sa mère se dissipe avec le premier sourire. L'expression du père, dure et indifférente. Mais ce qui surprend le plus, c'est cette ineptie joviale de Grete. Tapie dans les bras de son fiancé, elle ricane sans cesse.

À rien ne sert de se sacrifier dans ce monde ingrat. Qui reconnaîtra ton sacrifice ? Personne ! Même pas ta propre mère. J'entends le père de Gregor dire : mon fils était toujours étrange. Parfois, je me demande s'il n'a pas provoqué lui-même son destin. Tragique que ton père dise cela.

Tandis que je pense à cette histoire, un gros cafard surgit et sème la panique. Monsieur Samsa se plaint à Éole, Grete se met à le poursuivre et madame Samsa s'évanouit. Oh ! Dieu ! Quelle agitation au café d'Éole ! Peut-être est-ce Gregor qui se venge.

Au pied du mur

Que veut-il de moi celui qui entre comme une bête traquée dans le café d'Éole ? Un air de conspirateur. Il veut me dire quelque chose et regarde anxieux autour de lui. Que cherchez-vous ? Je m'appelle Pablo Ibbieta, camarade. Tu me connais sans doute, tu as lu mon histoire. Fort probable et alors ? Dans ce cas, tu connais aussi mon problème. Et quel est-il exactement votre problème ? Je suis poursuivi par les fascistes, camarade. S'ils m'attrapent, ils m'envoient au poteau d'exécution. Nous le savons bien tous les deux. Pourquoi m'appelez-vous camarade, je ne suis pas votre camarade. Tu aurais pu être à ma place. Je ne pense pas. Je vis dans la Grèce du vingt-et-unième siècle, vous avez vécu dans l'Espagne de la guerre civile. Il y a un décalage spatio-temporel entre vous et moi. Et pourtant, je suis le Sisyphe contemporain. En quelque sorte, je suis grec moi aussi. Vous êtes Pablo Ibbieta et vous êtes espagnol. Oui, mais en quoi mes tracas diffèrent-ils de ceux de Sisyphe ? Chaque fois qu'un lecteur lit mon histoire, on m'emmène au poteau. Je ressasse l'angoisse de cette dernière nuit que je ne souhaite pas à mon pire ennemi. Je suis jeune, que diable ! J'ai toute la vie devant moi. Puis soudain… quelqu'un décide que je dois mourir. Je n'en examine pas la raison. Je m'en fous de mourir pour une idée noble, de me sacrifier pour la liberté. Cela m'est absolument égal ! Je veux vivre. J'ai le droit de vivre. Si je savais que j'allais être exécuté un jour, je n'aurais pas couru derrière les idées, derrière les femmes. Je te le jure. Je n'aurais pas poursuivi le fantôme de la liberté. Je ne me serais jamais rebellé contre l'injustice.

J'ai déjà lu tout cela, il n'est pas nécessaire de me le répéter. Ça fait à peine deux jours que j'ai terminé *Le Mur*. Voilà qui me plaît, nous parlons enfin la même langue. Tu dois m'aider. J'aimerais bien mais je ne sais pas par quel moyen. Ils vont venir me chercher, cache-moi. Mais ça ne se fait pas, ce genre de choses. Tout est déjà écrit. C'est vous qui l'avez dit. Chaque fois que quelqu'un se met à lire votre histoire… Ne pourrait-on pas déroger à la règle ? Je ne le pense pas. Puis-je au moins ne pas trahir contre mon gré Ramon Gris ? Tu sais bien que je ne voulais pas le donner aux fascistes. Je les envoyés au cimetière pour plaisanter. Le reste n'est que complot monté par l'écrivain. Je ne suis pas un mouchard. Pablo Ibbieta n'a jamais été un mouchard. J'aurais aimé faire quelque chose. Mais vous savez qu'en littérature, écrivains et lecteurs raffolent des renversements de situations. Je me demandais si tu ne pourrais pas parler à Sartre, camarade. On m'a dit qu'il passait souvent par ici.

C'est vrai, mais lui parler serait vain. Il ne m'écoutera pas. Essayez de vous calmer, Pablo Ibbieta et acceptez votre sort comme un héros digne de ce nom. Dignité ! Dignité… Ouais, c'est ça ! Facile à dire quand tu n'es pas celui qu'on va coller au mur.

Les deux hommes qui entrent à ce moment-là dans le café d'Éole, des carabiniers de la sécurité espagnole, ne perdent pas leur temps. Ils arrêtent Pablo Ibbieta et l'emmènent de force. Je tente de protester mais Éole, qui nous surveille, me retient. Tu sais que ça n'a pas de sens, me dit-il. Je le sais mais je veux réagir. Je regarde l'anarchiste espagnol dans les yeux et je maudis Sartre.

Un ami de Dostoïevski

Je suis un ami de Fiodor Mikhaïlovitch, me dit un type, un beau matin au café d'Éole, sans se présenter. Quel est votre nom, que je lui demande. Quelle importance, je suis un de ses amis, ça ne vous suffit pas ? Supposons que cela me suffise, que puis-je pour vous ? Vous ? Rien. C'est plutôt moi qui peux quelque chose pour vous. Expliquez-vous. Trêve de plaisanterie ! Je ne plaisante pas du tout. Je sais des choses qui pourraient vous intéresser concernant Fiodor Mikhaïlovitch Dostoïveski. Comment en êtes-vous si sûr ? Je vous ai déjà vu parler avec Raskolnikov et Stavroguine dans ce café. On dirait que vous portez un intérêt particulier à leur auteur. Oui, en effet et alors ? Si vous me permettez que je vous dise ce que je sais, vous allez croire que vous lisez un roman avec lui dans le rôle du protagoniste. Avec Dostoïveski en tant que héros ? Je vous écoute, parlez.

Fiodor et Ania ont quitté Saint-Pétersbourg le 26 avril 1867. À l'époque Ania avait vingt ans. Le ton de sa voix devient délibérément plus grave. Oui, j'ai déjà entendu des choses à ce sujet, que je l'interromps. Je vais tout vous dire ici et maintenant pour que vous soyez informé de première main. On a dit qu'ils étaient partis pour éviter ses créanciers qui le menaçaient de prison. Vous ne m'apprenez rien, que je lui dis pour le décourager. Il continue, imperturbable. Moi je sais qu'ils sont partis parce que sa famille à lui ne consentait pas à ce mariage. Il prétend que la famille de l'écrivain aspirait à ses livres et à son argent. L'écrivain était criblé de dettes.

De quel argent me parlez-vous ? Il feint de ne pas m'avoir entendu et continue avec fougue.

Ils arrivent à Dresde le premier mai. Fiodor Mikhaïlovitch n'arrête pas d'écouter de la musique, Mozart, Beethoven… des opéras, des symphonies, des sonates. Il emprunte et lit des romans de Dickens. Au musée, il contemple des heures durant *La Madone Sixtine* de Raphaël.

Mais qu'est-ce que vous racontez, moi je pense qu'il passe plutôt ses nuits et ses jours dans les clubs et les casinos.

Non, non, fait-il en gesticulant. D'aucuns veulent dénigrer Fiodor Mikhaïlovitch. C'est quelqu'un d'une grande culture. Vous croyez que les grands romans s'écrivent tout seuls ? Certainement pas, mais… Écoutez, Dostoïevski était un écrivain et comme tous les écrivains, il avait ses passions. Je pense que ça, je le comprends mieux que vous. Il fait de nouveau semblant de ne pas avoir entendu. En outre, il était épileptique, ne l'oublions pas. Bref, Fiodor Mikhaïlovitch voyageait beaucoup à cette époque-là. Je peux vous le confirmer, je détiens ses lettres de presque toutes les villes dans lesquelles il a séjourné. En août 1869, après un long séjour à Genève, Milan, Florence, le couple revient à Dresde. Bientôt naîtra son deuxième enfant, Lioubov, une petite fille pleine de santé et de vigueur.

À moi, qui suis stérile, il écrivait à l'époque, *« Pourquoi ne ferais-tu pas des enfants. Je t'assure qu'ils sont à eux seuls les trois quarts du bonheur sur cette terre. Le reste ne représente qu'à peine un quart »*. Il m'écrivait aussi sur ses tracas d'écrivain, sur la pauvreté. Partout il ne voyait qu'hostilité et complot. Avait-il raison ? Personne ne le sait. La seule chose qui soit sûre c'est qu'il commence à écrire *Les Possédés* dans les circonstances de grande indigence qu'il a lui-même créées dans sa vie et celle d'Ania. Tout ce qu'on lui reproche, sa passion pour le jeu, tout cela c'est entièrement vrai. Le mal avait germé quelques années plus tôt à Wiesbaden et c'est ce qui a donné ses fruits. L'histoire se répète des années plus tard et ainsi seront rédigés *Les Possédés*. Ah ! *Les Possédés,* je ne les compare à rien au monde. Et vous ?

Ce malheureux continue à délirer pendant des heures. À supposer qu'il dise la vérité, je suis las de l'entendre. A-t-il vraiment été ami avec Dostoïevski ? En fait, vous ne m'avez pas dit votre nom. Quelle importance ! Je suis un ami de Fiodor Mikhaïlovitch et c'est ce qui compte. On ne peut que le croire.

Les temps sont bien durs pour les princes

Le café d'Éole est fréquenté par des célébrités de tout genre mais aussi par des escrocs. Un homme jeune et bien mis de sa personne, à l'allure distinguée, s'approche de moi et se présente comme étant Hamlet. Le célèbre Hamlet ? Oui. Je fais une grimace de méfiance. Vous ne me croyez pas ? Et pourtant je suis Hamlet, le célèbre Hamlet. « *To be or not to be...* », vous savez...

Écoutez, monsieur, sans vouloir vous offenser, vous êtes loin de convaincre en tant que héros shakespearien. Vous devriez peut-être essayer dans un autre registre, que je lui dis hardiment. Mais pourquoi ? Qu'ont-ils de plus que moi, les autres ? Ils sont ce qu'ils déclarent être, je suppose. Pourquoi dites-vous cela ? Je ne le suis pas, moi ? Allons, nous n'allons pas jouer à Jean qui pleure et Jean qui rit.

Il se tait un instant et baisse la tête. Je pensais que vous sauriez faire preuve de plus d'imagination. J'ai toute l'imagination nécessaire, mais je n'aime pas qu'on me prenne pour un pigeon. Personne ne vous prend pour un pigeon. Je ne vous mens pas, je suis un prince. Mais pas Hamlet. Ça y est ! On est sûrs de pouvoir s'entendre. Pour être honnête, vous me paraissez avoir du sang bleu dans les veines. Je vous remercie. J'appartiens à la lignée des... et il me déballe un nom de deux mètres de long.

Et que faites-vous ici, au café d'Éole ? Je cherche des gens sensibles comme vous pour subvenir aux besoins d'un descendant de lignée royale démuni comme moi. Vous avez besoin de combien ? J'accepte volontiers ce que vous avez. Sans trop y penser, je lui donne un billet. C'est lui qui grimace avec méfiance maintenant. Il retourne le billet dans tous les sens. Allez, prenez-le, ce n'est pas un faux. De grâce, je ne mets pas en doute votre honnêteté, mais en êtes-vous certain ? Je veux dire qu'il est possible que je sois un escroc, vous ne me connaissez pas. Je le fixe dans les yeux. Vous n'êtes sûrement pas plus escroc que les écrivains qui nous embarquent dans des histoires que nous lisons avec délectation. Votre histoire est moins invraisemblable que celle d'Hamlet. Je l'achète sans arrière-pensées. Oh ! je vous remercie, me dit-il, soulagé. Je peux vous demander une dernière chose ? Je vous en prie. Pourquoi avez-vous choisi de représenter Hamlet ? Mais c'est simple, parce qu'il a quelque chose de plus que les autres. Vous ne trouvez pas ? Tant de doute, tant d'hésitation de sa part. *« To be, or not to be : that is the question. »*

Heureusement que Shakespeare ne donne pas de réponse. Il tourmente son héros, et nous avec. Non, vraiment, je ne pourrais m'imaginer incarner un autre personnage.

Là-dessus, il me salue et s'en va. Une fois qu'il est parti, Éole rapplique. De quoi parliez-vous tout ce temps avec ce pseudo-prince, qu'il me demande. Tu sais bien que c'est un escroc, n'est-ce pas ? Plus que Shakespeare ? Plaît-il ? Je te demande : plus que Shakespeare ? Je ne comprends pas. Peuh ! Éole, qu'est-ce que tu ne comprends pas ? Les temps sont bien durs pour les princes ! Ça tu peux le dire, qu'il me répond, et s'en retourne à son zinc son torchon sur l'épaule. Son œil abîmé luit étrangement.

Le Castor a le dernier mot

Rencontre au sommet imminente au café d'Éole. Ne me demandez pas comment je le sais. J'ai moi aussi mes sources. Les personnalités émérites arrivent et le patron se comporte avec l'excès qui le caractérise en pareilles circonstances. Il ne lui reste plus qu'à dérouler le tapis rouge pour accueillir Albert Camus et Simone de Beauvoir.

Simone précède, chignon sévère et démarche évoquant une institutrice provinciale. Albert suit, cigarette aux lèvres et regardant autour de lui. Je pensais qu'ils ne sortaient jamais tout seuls ces deux-là, dis-je à Éole. Tu te trompes. Tu dis ça parce que tu sais quelque chose ou bien tu le supposes tout simplement ? Ai-je jamais prétendu quelque chose d'arbitraire ?, qu'il me répond. Je préfère ne pas répondre. J'aimerais bien connaître la raison de cette rencontre. Tu comprends, s'il s'agit d'une rencontre clandestine…

Je ne reçois aucune réponse et mon imagination galope. Camus ferait bien d'éviter les propos libertins, que j'insiste. Le patron me regarde, inexpressif. Je te rappelle en l'occurrence l'aventure de cette dame avec Arthur Koestler.

Sartre va se fâcher avec le Hongrois, comme à l'époque. Ce n'est pas sage de le provoquer. Je dis cela parce que j'aime bien Camus. Ça, on l'avait compris. Occupe-toi de tes affaires, me répond Éole en se dirigeant vers lui. Il prend sa commande, revient, retourne.

Cette scène se répète à plusieurs reprises. À chaque fois, je l'arrête et lui demande soucieux : alors ? Je viens de te dire de t'occuper de tes affaires.

Le temps passe. Au début, ils discutent de façon générale, de tout et de rien. Sans doute commentent-ils la situation politique, le monde de l'art, peut-être qu'ils échangent des points de vue philosophiques… On n'en sait rien. Mais à les observer, je devine à son air qu'il passe à des choses plus intimes.

Si Camus a des idées derrière la tête, il a tort, que je me répète à moi-même. La curiosité me ronge. Éole continue ses va-et-vient. Ce n'est pas juste de sa part de me laisser dans le doute. Simone de Beauvoir, le Castor légendaire, se penche et murmure quelque chose à l'écrivain franco-algérien.

Elle écarquille les yeux et attend une réponse. Camus baisse la tête, comme s'il voulait y penser. Fais gaffe, Albert, que je me dis. Ne défie pas ta chance. D'après son air et la réaction du Castor – elle le plante là, au café d'Éole, et s'en va –, du coup, je comprends qu'il a refusé.

C'est ce qu'il avait de mieux à faire, dis-je à Éole, qui ramasse verres et tasses. N'en sois pas si sûr, qu'il me répond. En fait, elle lui a demandé de coucher avec une de ses amies et il a refusé en lui rétorquant que pour ses histoires de lit, il prenait seul ses décisions. Il n'aurait pas dû faire ça. Beauvoir s'est sentie vexée, et tout le monde sait si elle peut devenir mauvaise. Il aurait pu au moins gérer l'affaire avec diplomatie.

Je suis d'avis contraire. Je considère que c'est une question de dignité. Tandis que Camus se retourne et me lance un sourire embarrassé, je lui réponds avec un sourire de soutien. Il vient un moment où il faut savoir dire le grand Non, diable !

Le grand Oui ou le grand Non

« Vient un jour où il nous faut dire le grand Oui ou le grand Non à certaines personnes… » Depuis ce matin, Éole zigzague entre les tables en récitant des vers. À intervalles réguliers, il s'arrête en me fixant de son œil de cyclope, comme s'il voulait que je continue à réciter là où il s'est arrêté. Moi, je ne lui accorde aucune attention et il poursuit tout seul.

Je ne savais pas qu'il avait la mémoire de la poésie et encore moins qu'il avait lu tant de poèmes. Entre nous, je ne le considérais même pas comme un homme de lettres. Mais il est vrai aussi que pour ouvrir un café de ce genre, il ne faut pas être nul en littérature. Nous attendons quelqu'un ? Il me répond affirmatif de la tête. On ne sera jamais tranquille ici, que je me dis. Je sais que je grogne pour rien.

Au fond, moi aussi j'aime voir arriver des célébrités. Et qui est à l'honneur aujourd'hui ? Tu verras, me répond le patron, qui s'éloigne en déclamant.

Un peu plus tard, tandis que je suis absorbé par la lecture de mon livre, entre un de ces petits bonshommes dont je sais très bien qu'ils ne plaisent pas au propriétaire de ce café. Il va le flanquer dehors, que je pense tout en attendant l'invité d'honneur.

Ô miracle, cependant, Éole accourt pour l'accueillir. Que de révérences, que d'honneurs pour cet homme insignifiant !

Mais tu ne le reconnais pas ?, qu'il me dit, c'est notre poète alexandrin, Constantin Cavafy.

D'accord mais n'en fais pas tout un pataquès, que je lui dis. Mais qu'est-ce que tu racontes ! Il bave d'enthousiasme. Je recours au temps où vécut le poète, comment ses concitoyens le traitaient, tous les griefs qu'il avait subis de la part des intellectuels d'Athènes, et je compare.

Soudain, de la table d'à côté, se lève quelqu'un qui se met à réciter par cœur le poème *La Ville*, quelqu'un d'autre poursuit avec *Ithaque*, un autre avec *Dieu abandonne Antoine*, etc. Un relais de récitation de poèmes en hommage au poète qui y assiste embarrassé. Ça me rappelle un peu l'accueil fait aux hommes politiques dans la province grecque, il y a à peine quelques décennies et je me mets à rire tout seul.

Et voilà qu'Éole me propose d'être de la partie ! Tu rigoles bien sûr, n'y pense même pas ! Mais pourquoi ? C'est peut-être ta seule occasion. Pas grave, je m'en passerai, que je réponds, replongeant dans la lecture de mon livre.

J'espère que ce marathon de récitations s'achèvera bientôt et que l'on retrouvera notre tranquillité ici, au café d'Éole, avec ou sans le poète.

Pourtant, je songe au vers *« … un jour où ils doivent dire le grand Oui ou le grand Non »* et, sans le vouloir, je suis ému. Comment ce petit bonhomme que je vois en face de moi, embarrassé et flatté, peut-il cacher tant de force ?

Alors, tu vas déclamer quelque chose à notre poète, me demande pour la dernière fois le patron. Et moi, je lui dis le grand Non.

Une entremise bien étrange

L'entremise du Castor à Camus a dû faire grande impression à Éole. Deux jours plus tard, il me sort une idée analogue. Je pense que nos chers écrivains n'ont pas toujours été infaillibles. Que veux-tu dire ? Qu'est-ce que je veux dire ? Prends les plus grands héros de la littérature. Ils ont tous ou presque tous souffert des décisions que d'autres ont pris à leur place. Je ne suis pas d'accord. Le destin des hommes est commun dans la vie et en littérature. Ce n'est pas nous qui décidons de certaines choses. Je ne m'attendais pas à ce que tu sois d'accord avec moi. Néanmoins, il serait temps de remettre les choses à leur place.

Quelle est l'idée biscornue qui vient de lui traverser l'esprit ? Je vais tenter un croisement de personnages. Oh ! mon Dieu ! Cesse les interjections et écoute bien ce que j'ai à te dire. D'un geste rapide, il sort de sa poche deux pions de jeu d'échec. Supposons que ce lieutenant est Peter Walsh. Ce parangon du roman de Virginia Woolf, éternellement épris de Clarissa Dalloway ? Et que vas-tu en faire ? Attends, ne sois pas impatient. Je lui prépare un meilleur sort. Je vais le transposer dans le roman de Lawrence pour qu'il fasse connaissance avec Lady Chatterley et je vais en faire son amant. Je vais exclure du jeu le garde-chasse Mellors. Ce n'est pas un homme digne de notre délicate lady. C'est bien tout ça, mais tu as demandé leur avis à nos chers écrivains ? S'ils ont décidé de la sorte, c'est qu'ils avaient leurs raisons. Raisons et balivernes ! Plutôt choix malencontreux, oui. Personne n'est parfait. Et que penses-tu gagner avec ça ? Mais c'est clair, je veux rétablir une justice littéraire. J'espère tout au moins que tes nobles intentions s'arrêtent là et que tu n'envisages pas d'autres changements cosmogoniques. Pour être honnête, je me disais que la fin d'*Anna Karénine* est exagérément tragique, que le titre *L'Idiot* est inconciliable avec le prince Mychkine, que Nancy pourrait enfin quitter son crétin de Buchanan et se mettre avec Gatsby, et j'ai aussi une idée géniale qui trotte dans ma tête pour Julien Sorel et madame de Rênal, pour la candide Erendira et son Ulises…

L'œil abîmé du patron brille curieusement tandis qu'il débite une par une ses ingénieuses idées. Alors, qu'est-ce que tu en penses ?, me demande-t-il à la fin. Occupe-toi plutôt de tes affaires, voilà ce que j'en pense. Mais pourquoi ? Les écrivains sont comme des petits dieux, je ne dis pas le contraire. Mais si on y regarde de plus près, même les dieux commettent des erreurs. Imagine plutôt combien de héros seraient soulagés. Toi-même, tu as tout à l'heure qualifié Peter Walsh de parangon. Un parangon mérite-t-il d'être éternellement amoureux d'une andouille comme madame Dalloway ?

Tout en disant cela, il caresse inconsciemment le pion du jeu d'échec censé représenter le héros de Virginia Woolf. Tu veux que je te dise à quoi je pense ? Naturellement. Ramasse tes pions et prépare-moi un café. Il est temps de revenir à nos moutons, toi à ton travail et moi à mes lectures. Et laissons les écrivains faire leur boulot. À chacun ses affaires, Éole. À chacun ses affaires.

Extrêmement émouvant

Plus aucun doute, avec Éole, les conversations les plus brillantes, on les fait toujours le lundi matin. Après, je ne sais pas ce qui se passe, un peu les habitués notoires, un peu le travail qui s'intensifie à l'approche du week-end, il est préférable de ne pas trop parler. Je m'adonne à ma lecture et le patron s'occupe de sa clientèle. Nous échangeons certains propos anodins, et c'est tout. Lundi dernier, nous avons abordé par hasard le sujet des livres et des écrivains qui émeuvent leurs lecteurs.

Une demoiselle exaltée, assise à la table près de l'entrée, se répand en sanglots depuis des heures, plongée dans les pages d'un roman sentimental. La pauvre ! Elle est tellement sensible, commente le patron qui a l'habitude de réconforter ses clients. Je hoche simplement la tête. Je sais que tu n'approuves pas mais il y a quelque chose d'émouvant dans la littérature, nous nous devons de l'admettre. Je n'ai rien contre l'émotion pourvu que ça ne devienne pas un but en soi. Paroles ! Belles paroles ! Pourquoi lire de la littérature si elle ne nous émeut pas ? Tu insinues que nous devons absolument pleurnicher ?

Je sais qu'Éole se fâche lorsqu'on le coince. En général, je cède, mais cette fois-ci, j'ai décidé d'aller jusqu'au bout. Et, dis-nous, « M. je-sais-tout », quel est le dernier livre qui t'a ému ? Je passe outre son air ironique. En l'occurrence, l'enjeu est important. J'essaye de lui expliquer mais il ne comprend pas. D'autre part, il est vrai que j'ai du mal à me rappeler un livre qui m'ait ému jusqu'aux larmes.

Tu vois, je te l'ai dit, ricane-t-il sur un air triomphal, tu conçois la littérature que d'un point de vue cérébral, mon garçon. Tu n'as pas raison, que je m'écrie, tu n'as pas raison. En même temps, je me creuse la tête pour me rappeler quelque chose qui ait suscité en moi de l'émotion. Ô miracle, surgit dans ma mémoire la dernière scène d'un roman de Thomas Mann.

Il se réfère à la mort d'un enfant et il le fait avec une telle

douceur que c'est vraiment émouvant. D'accord, ça c'est émouvant, que je déclare. Balivernes ! Tu es ému par la mort du petit enfant, c'est tout. Admets-le. Je n'admets rien. Mais j'admets encore moins que les romans sont des machines à larmes. J'ai tellement haussé le ton de ma voix que tout le monde se retourne pour me regarder. Même cette jeune fille si émotive m'adresse un regard larmoyant en guise de riposte. Peut-être que je suis mal à l'aise et que je réagis un peu brutalement.

Je paye mon café et je pars en râlant. J'ai vraiment envie de ne plus jamais remettre les pieds dans ce café. Mais je sais bien que demain je serai de nouveau ici, trônant sur ma chaise avec un livre et dégustant le café préparé par Éole, qui fera tout ce qui est en son pouvoir pour m'amadouer. Entre nous, je suis un de ses meilleurs clients.

La méthode parricide

Il est installé deux tables devant moi et, pour l'instant, je ne vois que son dos. Je devine un visage jeune et sec, avec de petits yeux, un nez fin et des lunettes de myope. Éole, qui accorde toujours une importance accrue aux nouveaux clients – et je n'ai pas à me plaindre, il a fait de même pour moi à une certaine époque –, papote avec lui.

La voix du jeune homme me rebute. Ses fréquences sont lassantes et son ton d'une inexcusable arrogance. Il parle de la littérature du passé en fin connaisseur. Rien ne semble lui plaire. Ceci le dérange, cela l'ennuie. Il trouve Cervantes pour le moins inacceptable, Shakespeare gauche, Goethe ennuyeux, que Balzac bâcle son travail, Dickens mélodramatique, Dostoïevski banal.

Il me fait penser à un écrivain célèbre du vingtième siècle qui passait toute le monde au crible. À peine si des piques de sa critique échappent un Gogol, un Flaubert, un Tolstoï.

Éole se laisse impressionner par cette crucifixion massive et au lieu de le remettre à sa place, il l'exhorte à continuer, évoquant différentes œuvres classiques au son desquelles le jeune luminaire réagit avec force interjections et gestes de mépris. Selon son humble avis, *Le Rouge et le Noir* est un roman à l'eau de rose vulgaire, *La Cousine Bette*, une dissonance littéraire, *Crime et châtiment*, une lande narrative, et sa critique malveillante est sans fin.

Aurais-je tort si je me retournais et lui lançais une vanne ? Je respecte ce lieu et je me tais. De toute façon, chaque fois que je m'apprête à intervenir, l'expression dissuasive d'Éole – il partage son attention entre moi et lui – me cloue sur place.

Faute de repartie, le censeur général autonommé a pris un élan inconcevable.

Ça suffit ! Je vais lui dire ses quatre vérités et advienne que pourra. Je me lève ostensiblement importuné. Donc, selon vous, on devrait jeter tout ce qui est classique... Il réfléchit et me regarde d'un air interrogateur. Une tête d'érudit.

Classique ! Mais pourquoi manger du pain rassis alors qu'on peut en trouver du frais chez le boulanger ? Ah bon ! les classiques, du pain rassis ! Votre culot m'exaspère. Permettez-moi d'avoir mon propre avis. Je ne vous retire pas ce droit. Mais vous parlez de personnes qui ne sont pas présentes. Vous trouvez ça juste ? Et vous, vous jouez à quoi, à l'avocat de la défense ? J'en serais honoré ! Mais ne trouvez-vous pas que de cette manière, vous leur portez préjudice ? Vous n'en êtes pas assez capable. Hum ! C'est ce que vous pensez ? Et moi, je dis que tu es un cornichon !

Messieurs, messieurs, je vous en prie, intervient Éole qui se soucie plus de son café que de la littérature. Il me prend en aparté. De toi, un ancien client, je m'attends à mieux. Tu veux que je sois une tête à claques, pour que tu sois content ? Mais non, personne n'a jamais dit ça ! Je te croyais plus intelligent. Le jeune homme que tu vois est un écrivain potentiel. Et alors ? Ben, qu'est-ce que tu ne comprends pas ? Il applique la méthode parricide, le pauvre. Si tu veux

écrire, tu n'as qu'à tuer ton père. Trop de respect tue le talent. Et trop de culot, aussi, que je fais remarquer.
T… t… t… ! Toujours excessif, toujours, excessif, qu'il me répond. Je me demande comment je vais éteindre le feu que tu as allumé, dit-il, essuyant du revers de la main la sueur sur son front.

Pas facile de tenir un café, de nos jours.

Croisière pour romanciers français

Au café d'Éole, tôt le matin. L'homme de petite taille et bien en chair au large front et aux yeux marron pétillants me fait penser à quelqu'un. Il cache ses vilaines dents sous sa moustache à la gauloise. Il porte un tee-shirt avec le logo de Coca-Cola, couleur… peu importe, et est assis à la table voisine. Son tee-shirt se soulève momentanément et dégage son gros ventre flasque. Il se présente à moi comme « le roi des romanciers ». Éole prend sa commande en l'appelant monsieur Balzac. Le célèbre Balzac, que je lui demande avec tact. Évidemment, me répond le patron du café. Je suis impressionné ! Mais aussi choqué. On a affublé Balzac d'un tee-shirt Coca-Cola ! *O tempora, o mores !*

Je le regarde observer les passants tout en ingurgitant des cafés glacés l'un après l'autre. Ne dit-on pas que Balzac était caféinomane ? Je l'aborde. Avez-vous lu quelques-uns de mes livres, me demande-t-il ? À sa manière il insinue qu'en cas de réponse négative de ma part, on s'en tient là. Mais bien sûr ! Je débite un joli nombre de ses romans et de ses nouvelles. Si vous n'avez pas lu ma *Rabouilleuse*, alors vous n'avez rien lu de moi, rétorque-t-il. Je connais le roman, mais je ne me souviens plus de son intrigue ; je l'ai lu il y a longtemps, que j'avoue. Alors relisez-le ! Les bons livres doivent être relus. J'approuve sa recommandation et cela me rend plus sympathique à ses yeux. Relisez-le ainsi que… et il se met à énumérer ses œuvres une par une. Je lui signale qu'une vie entière ne suffirait pas pour lire et comprendre l'œuvre complète d'un Balzac. Il sourit avec satisfaction.

Au même instant arrive un homme un peu plus âgé que lui. Il porte une tunique havanaise et son visage illuminé par un regard vif et perçant est dominé par son large front et ses favoris touffus. Asseyez-vous, monsieur le consul, lui dit Balzac, puis se tournant vers moi : vous connaissez monsieur, n'est-ce pas ? Il me fait penser à quelqu'un, admets-je. Ah ! il vous fait penser à quelqu'un ! En principe vous auriez dû vous écrier, « c'est monsieur Henri Beyle » ou, pour vous aider un peu, « le grand Stendhal ». Hélas, personne n'est Balzac pour être connu de tous, fait-il remarquer avec une autosuffisance impensable. Vous avez lu les livres de notre ami ? Évidemment ! *La Chartreuse de Parme* est mon préféré. C'est aussi le mien, adhère le Gros. Vous ne trouvez pas que la description de la bataille de Waterloo est spectaculaire ? J'avoue que j'en ai été jaloux, quoiqu'il soit paradoxal d'envier ce qui est hors de notre champ de spécialisation. Moi j'écris des fresques et monsieur le consul, par ici, sculpte des statues italiennes. Naturellement, toute grande œuvre a ses petites faiblesses. Il se tourne vers Stendhal. Souvenez-vous, je vous avais conseillé de transposer certaines longues harangues des premiers chapitres vers la fin du livre. Et certains personnages, vous les décrivez de manière très évasive sans leur donner la consistance physique qu'ils méritent. Mais ne nous embarrassons pas de détails insignifiants. Vous, vous êtes arrivé à interpréter toute l'âme de l'Italie, mon cher consul. Stendhal écoute sans parler, hochant la tête de temps en temps en guise d'approbation. Le considère-t-il avec admiration, ou est-ce mon impression ?

Mais le café se fait attendre et Balzac, avec l'audace du roi des romanciers, réprimande l'assistant d'Éole qui a osé faire trainer le café de monsieur le consul. Tu sais qui est cet homme, espèce d'imbécile ? C'est l'écrivain de *La Chartreuse de Parme !*

À cet instant précis, Éole intervient et le malentendu se dissipe. Entre-temps, un nouveau membre rejoint l'assemblée. Un homme jeune portant un costume en lin clair et un panama vient s'asseoir près d'eux. Sa moustache épaisse me fascine mais aussi ses grands yeux humides et sensuels. Balzac le traite avec cordialité et cela ne me paraît pas étrange, car en la personne du nouvel arrivant je reconnais Proust. J'adore son écriture mais je n'ose pas le lui avouer de crainte de rendre les autres jaloux. Je me contente simplement de lui dire : je trouve votre jeu avec le temps génial. Mais pensez-vous vraiment que l'expérience humaine constitue un droit ? Puis-je vous demander une réponse honnête et sans détours ? Bien entendu que je le pense, me répond-il.

Je perçois l'impatience de Balzac qui tapote du pied sur le sol. Je me retourne vers lui et lui dis : je discerne votre enseignement mental dans toute l'œuvre de monsieur. Monsieur Proust vous a rendu honneur, vous le savez bien. Il se gonfle de fierté tel un paon faisant la roue. C'est vrai, Marcel ? Il veut l'entendre de sa bouche. C'est vrai, lui répond l'autre.

Arrive alors son café avec le septième ou le huitième café de Balzac. J'ai perdu le compte. Les deux autres demandent à Proust de se dépêcher. Nous devons partir, m'explique Balzac. Un taxi va nous conduire au Pirée pour embarquer sur un bateau de croisière. Stendhal se demande s'ils doivent attendre Flaubert, Maupassant, Zola et Mérimée. C'est surtout Mérimée qui l'intéresse. Du coup, je me souviens que les deux hommes étaient liés d'amitié. Ils nous attendent au port, le rassure Balzac.

C'est un peu comme cela que notre conversation prend fin. J'ouvre mon petit calepin et je note : « Croisière pour romanciers français. »

Donnez-lui sa chance

Il est d'âge moyen, bien habillé, quelque peu potelé, a des formes molles mais des manières aristocratiques et un regard intelligent, sans doute parce qu'il est perçant. Je l'observe depuis des jours au café d'Éole. Il arrive toujours avec deux ou trois livres sous les bras. Il se met dans un coin toujours préservé du soleil à la recherche d'un peu de fraîcheur. Il parle italien, mais quelle que soit la langue européenne parmi les plus courantes dans laquelle tu t'adresses à lui, tu reçois une réponse. Il fait preuve de bienveillance à l'égard des personnes et des livres.

Mais il faut voir à quel point il peut devenir grossier si quelqu'un vient à évoquer un poète italien célèbre, qui comme par hasard est son cousin. Il le traite d'idiot à toutes les sauces.

Il lit tout ce qui lui tombe sous la main, fumant comme un pompier et sirotant son café. Il s'installe à une table le matin et ne la quitte pas avant le crépuscule. Je l'ai déjà vu décortiquer un gros roman de Balzac en un jour et j'ai pensé au bonheur du Gros s'il avait pu le voir lors de son passage au café. J'épie ses tics de lecture.

En lisant, il frotte le coin supérieur de la page entre le pouce et l'index de sa main droite ; parfois il caresse le pavillon de son oreille ou l'arête de son nez comme pour s'assurer qu'ils sont bien à leur place. Éole l'appelle *signore* Giuseppe et le considère avec un respect sincère. Je le questionne à son sujet et il me sort un tas de titres de noblesse qui lui avaient jadis été conférés, 12e duc de Palma, 11e prince de Lampedusa… L'homme qui a écrit *Le Guépard*, je suppose. Le patron me le confirme d'un hochement de tête.

Je le vois délaisser une biographie de Tolstoï reliée plein cuir pour prendre un roman-feuilleton grossier. Éole remarque ma réprobation. Tu t'inquiètes des lectures de notre cher duc ? Moi aussi je m'en inquiétais au début. Un jour je lui en ai parlé et tu sais ce qu'il m'a répondu ? Nous devons aussi donner une chance à la mauvaise littérature. Ah ! ces aristocrates du vieux monde… des hommes d'une autre race !, qu'il ajoute avant de s'éloigner.

Il me laisse jauger ses mots face à mon café fumant dans la tasse de porcelaine. Il y a une contradiction frappante entre sa grandeur d'âme pour la littérature de bas étage et son intolérance à l'égard de son cousin dépourvu de talent. Mais je passe.

À ce moment précis, *signore* Giuseppe vient d'allumer sa cigarette, un imperceptible rictus au coin des lèvres.

La Dame au petit chien, ou l'homme doit avoir de l'expérience

Il y a quelques jours un nouveau visage est apparu au café d'Éole : la dame au petit chien. Belle femme mais pour les goûts d'une autre époque. La clientèle d'élite parle d'elle. La plupart de ces habitués se rient d'elle. Quelle robe, dit le premier, quelle coiffure, dit le deuxième, quelle drôle d'expression, fait remarquer le troisième. Et ce petit chien alors… !, renchérit le quatrième. Je n'aime pas toutes ces chuchoteries. Éole non plus. Chaque fois qu'il passe devant eux, il leur fait chut ! chut ! Eux s'arrêtent un instant puis reprennent de plus belle.

La femme les ignore. Elle arrive avec son ombrelle et son petit chien, et s'installe à une table isolée, placée sur une petite estrade évoquant une scène lilliputienne. Elle referme son ombrelle, commande un thé, déploie son éventail, ouvre un livre, toujours le même livre marqué par un signet élégant. Ses yeux bleus, comme d'infimes mers, portent en eux une inexplicable mélancolie. Elle se retourne régulièrement vers la grande horloge murale, dans l'attente d'un homme qui arrive d'habitude avec un quart d'heure de retard et tiré à quatre épingles : veste, gilet, nœud papillon, chemise blanche, canne d'ébène raffinée et pince-nez. Cheveux châtains, légèrement frisés, boucles insolentes sur le front qui se marient jovialement avec son regard enjoué. Il me rappelle quelqu'un mais je ne sais pas qui. À mon âge, tout le monde me paraît familier sans l'être vraiment.

J'observe le couple. Ils se parlent à voix basse, se sourient avec complicité ; l'homme caresse fugitivement la main de la femme, elle regarde autour d'elle avec un léger mouvement de recul. Puis elle se penche vers lui et murmure quelque chose à son oreille. Il sort un bout de papier et y note quelque chose. Il le glisse vers elle, elle le lit et rougit légèrement. À son tour, elle lui écrit quelque chose qu'il lit en faisant une grimace interrogative.

Tu n'as toujours pas compris, me demande Éole tout en frisant sa moustache extraordinairement longue. Comprendre quoi ? Cet homme n'est pas Gourov mais Tchekhov en personne. Tchekhov ! Mais tu as raison. Et j'étais en train de me demander à qui il me faisait penser. Mais tout s'explique, tous les détails qu'il donne dans sa nouvelle s'expliquent enfin. Tu as tout à fait raison, certaines choses ne s'écrivent pas qu'avec de l'imagination.

Voilà pourquoi l'on dit si bien : l'homme doit avoir de l'expérience.

Tout le monde a peur de Virginia Woolf

Les après-midis ont l'arôme du café chez Éole et l'odeur des livres que l'on feuillette parfois comme on mélange un jeu de cartes. Mais ce n'est pas nous qui lisons. C'est un autre qui lit pour nous. Et si quelqu'un pouvait écouter le lecteur-démon qui se cache en nous, il entendrait alors la cacophonie qui s'élève de la lecture simultanée de tant de livres.

Dans la salle, il y a des tables invariablement réservées à ceux qui les ont écrits. D'habitude, on peut même voir des petites plaques soignées avec leurs noms indiqués dessus. On peut y lire : Joyce, Broch, T. S. Eliot, Auden, Neruda, Moravia, Faulkner… Les écrivains du café font penser à des oiseaux qui se répondent sur les branches d'un arbre et qui ne s'arrêtent pas un instant de gazouiller. Je me demande : est-il possible qu'il leur reste encore tant de mots disponibles après tous ceux qu'ils ont déjà couchés sur le papier ?

Souvent, ils deviennent insupportables et ceux qui demandent à Éole de leur en faire la remarque n'ont pas tort. Ce dernier leur rapporte poliment les plaintes de sa clientèle. Et chaque fois, ils se retournent et nous regardent perplexes. Mais qu'y a-t-il donc de si étrange ?

Tous les vendredis, à cette heure-ci, une femme d'âge moyen connue du clan apparaît. On les entend l'appeler Clarissa. Tout le monde la sollicite à sa table. Mais elle dédaigne toute sollicitation. Elle parle dans un anglais à l'accent londonien parfait d'une réception qu'elle prépare chez elle – est-ce possible de donner une réception tous les vendredis ?

Elle énumère la liste de tout ce qu'elle a déjà fait depuis ce matin et celle de tout ce qu'elle doit encore faire jusqu'à ce soir. La fatigue est visible sur son visage long et blême. À la fin, elle leur rappelle qu'ils sont tous conviés. Et que personne ne s'absente !

Lorsqu'elle quitte la salle, l'assemblée se lève en guise de respect. Je pose à Éole la question à ce sujet, et il me répond : mais qu'est-ce que tu crois ? Tout le monde a peur de Virginia Woolf.

Pereira ne sait pas où aller

L'homme replet qui apparaît toujours l'après-midi au café d'Éole en costume d'été s'appelle Pereira et est portugais. C'est le patron qui m'en a informé hier en ajoutant : il tient sous le bras une feuille du *Lisboa.*

Monsieur Pereira dirigeait, il y a encore quelques jours, la rubrique culturelle du journal. Tu ne sais pas l'arnaque qu'il a faite, ce petit gros, à l'époque du régime autoritaire de Salazar ? J'aimerais lui rappeler que de nos jours, il n'y a plus de Salazar mais je suppose qu'Éole voyage dans le monde intemporel de la littérature où les chronologies n'ont aucune importance et je me tais.

Je me demande ce qu'il fait en Grèce, au vingt-et-unième siècle, et le patron, comme s'il venait de lire ma pensée, me dit que le pauvre monsieur Pereira demande l'asile après son infructueuse tentative de gagner la France.

Je pensais que cela ne devrait pas être difficile de l'accueillir dans notre pays, que je commente.

Oh ! pas nécessairement ! Les autorités de chaque pays voient d'un mauvais œil les insurgés. Là, je concède qu'il a raison. Pendant ce temps, le gros monsieur Pereira, tout en sueur, essaye de se rafraîchir en buvant limonade sur limonade, lesquelles se coagulent comme du sirop sous l'effet de la grosse quantité de sucre.

Quand il a faim, il commande une omelette aux épices qu'il dévore avec boulimie. Quand son journal ne lui sert pas d'éventail, il l'ouvre toujours à la même page, lit toujours le même article, j'imagine celui auquel a fait allusion Éole, et se met alors à ricaner triomphalement. Soudain, il prend un air boudeur. Pourquoi ? Il doit penser qu'il est exilé dans une ville plus chaude que Lisbonne, dans un pays qui ne lui a pas encore donné asile. Il tente d'essuyer les grosses gouttes de sueur qui perlent sur son front, mais une fois qu'il les a essuyées, de nouvelles gouttes jaillissent. Quel martyre !

Éole m'informe qu'il a de graves problèmes cardiaques. Il devrait s'habiller moins chaudement, que je fais remarquer, ne pas boire des limonades avec tant de sucre, et surtout éviter de manger une omelette aux épices tous les jours.

Je souligne ma dernière remarque, parce que je sais, par expérience, à quel point l'omelette préparée des mains d'Éole est aussi indigeste que délicieuse.

Entre-temps, monsieur Pereira ne sait où aller, en tout cas, c'est ce qu'il prétend.

Ceux qui ont peur de mourir

L'ombre de la mort aujourd'hui au café d'Éole. Il y a à peine dix minutes que cette figure décharnée a fait son apparition et s'est installée à l'une des premières tables près de la fenêtre. On entend dire que c'est Ivan Ilitch, dont la mort est imminente. Procureur de la Russie tsariste de l'avant-dernier siècle, il vécut sa vie avec cette complaisance inexorable de l'homme qui ne se préoccupe que de lui-même.

Maintenant que ses jours sont comptés sur les cinq doigts de la main, il a le sentiment de n'avoir rien vécu et implore son créateur de lui prêter encore quelques années de vie. Mais les écrivains sont encore plus intransigeants que Dieu lui-même. Tolstoï lui réserve une fin atroce. J'ai mal, gémit-il sans cesse, essayant en vain de s'installer confortablement sur sa chaise.

Si tu lui demandes où il a mal, il ne sait pas te répondre, et ses médecins non plus. Mais qu'est-ce que c'est que ça ? Mourir, bon d'accord. Nous allons tous mourir un jour, mais nous avons malgré tout le droit d'en connaître le motif. Perversité d'écrivain, c'est donc bien ça ! Même la famille du héros, sa femme et sa fille se liguent contre lui.

Pendant ce temps, je lis : *« Tous se levèrent, dirent adieu et sortirent. Resté seul, Ivan Ilitch eut un moment de soulagement. Le mensonge était parti avec eux. Mais la douleur restait, toujours la même douleur, toujours le même effroi, jamais de repos. De nouveau, les minutes, les heures s'écoulaient sans apporter de changement ; toujours la même chose, et toujours la certitude de plus en plus atroce de l'inévitable dénouement…* »

Et donc, je dis : on ne peut pas être aussi sadique avec ses héros. Il faut que ces petits dieux, les écrivains, le comprennent un jour : les héros ont une âme, eux aussi. Un peu de compassion de leur part ne pourrait nuire. Par ailleurs, il est vrai que je n'ai jamais rencontré de créatures plus rusées que les protagonistes de la fiction.

Ivan Ilitch accepte la méthode de logique de Kizeveter : *« Caïus est un homme ; tous les hommes sont mortels ; donc Caïus est mortel. »* Il l'accepte mais continue de vouloir faire exception. Que Caïus meure, mais pas moi. Et puis à chaque règle, ses exceptions.

Cher Ilitch, à cette règle, aucune exception possible.

La grande horloge murale sonne midi. Ilitch pose sur elle son regard angoissé. Chaque heure qui sonne est peut-être son heure. Mais c'est peut-être aussi la nôtre. Qui sait ?

Si j'étais riche

Les conversations du lundi avec Éole prennent souvent une tournure intéressante. C'est le matin, peu de monde, Éole s'ennuie à mourir et pour tuer le temps, il entame la conversation avec moi. Une telle opportunité ne risque pas de se représenter dans le courant de la semaine, il faut que je m'avise de quelque chose de captivant ; la plupart du temps j'y arrive et notre discussion coule très agréablement.

Si tu étais riche, que ferais-tu ?, me demande Éole en ouvrant grand son œil de cyclope. Si j'étais riche… C'est vrai, que ferais-je si j'étais riche ? Voilà ce que je ferais : j'achèterais un personnage de roman célèbre et je réclamerais qu'il me raconte son histoire, pour que je l'écrive et qu'à mon tour je devienne célèbre.

Le patron est impressionné. Ainsi, tu penses que les histoires sont contées par les héros et non par leurs écrivains ?, me demande-t-il en me servant un café fumant. Et toi, qu'en penses-tu ?, que je lui demande, et je bois ma première gorgée. Ce qu'en pense tout le monde – les livres sont écrits par ceux que nous connaissons. Les écrivains. Mais en supposant que les livres sont des immeubles, les écrivains en sont leurs concierges.

Je suis enchanté de ma réponse. Grimace de méfiance sur le visage du patron. Disons que si tu pouvais acheter Gatsby, ou Lolita, tu penses que tu écrirais quelque chose du même genre ? Pourquoi pas ? Ce sont les ingrédients qui font le bon cuisinier.

Je ne conteste pas ; si on a une histoire intéressante entre les mains, on fait des merveilles, mais d'autre part, si tout le monde était capable d'écrire *Hamlet*, quelle raison aurait-on de parler de Shakespeare aujourd'hui ? Tu viens juste de donner l'exemple le plus pertinent. Shakespeare ne donne-t-il pas l'impression qu'il achetait ses histoires ? Le prince sombre ne jaillit-il pas de sa cervelle, si je ne m'abuse ?

Mais la comparaison est inadéquate. Shakespeare, c'est Shakespeare ! Et moi, je suis qui je suis ! Si j'étais riche, j'achèterais un Hamlet et j'écrirais son histoire. Je n'en aurais peut-être pas fait une pièce de théâtre. Ce n'est pas mon point fort. Mais je pourrais en faire un roman du tonnerre. Peut-être même que j'en changerais l'intrigue. Entre nous, Hamlet est plutôt un jeune roi gâté.

Éole secoue son torchon d'un air contrarié. Hamlet un jeune roi gâté ? D'où sors-tu ce genre de déductions ? Qu'est-ce que ça veut dire d'où je sors ce genre de déductions ? Tous les jeunes rois sont gâtés, que je lui dis en riant.

Peut-être, mais sache que Hamlet n'est pas un jeune roi quelconque. Ah bon ! Et pourrais-je savoir en quoi il est différent ? Il se lève pour partir et je l'entends grogner. Impossibles, ces lecteurs ! En tout cas, sache que si j'étais riche, j'achèterais un Hamlet et tu verrais.

Heureusement que tu n'es pas riche, alors ! La littérature est sauvée.

Et il retourne à son zinc en se signant.

Lady Chatterley a un amant

Que de vociférations cet après-midi au café d'Éole ! Quel vacarme ! Quelle agitation ! Je me réfère à l'incident hystérique ayant pour protagoniste le philologue à la retraite Paraskévas Fraguelis ; il se lève tout à coup et se met à injurier les romanciers en les traitant de pornographes et de voyous.

Éole, qui se saisit immédiatement de la situation, exige du vieux qu'il le suive dehors, dans la rue. Même là, l'ancien professeur de lettres continue à gesticuler, indigné, tandis que le patron essaye de le ramener à l'ordre, tantôt en le réprimandant, tantôt en l'amadouant.

Monsieur Paraskévas fréquente le café tous les jours depuis un mois. Il occupe d'habitude l'une des petites tables du centre de la salle, commande un café turc qu'il sirote tout doucement, et ce jusque vers la fin de l'après-midi.

De taille moyenne, les cheveux gris et rares coiffés en arrière, le regard glacial et vague, il compte sans cesse les perles d'un komboloï et marmonne des paroles inintelligibles pouvant être aussi bien des malédictions de vieux que des vers d'*Antigone* de Sophocle.

Je regarde avec tact sur sa table et aperçois une très ancienne édition d'un célèbre roman de D. H. Lawrence. Il semble que son imprévisible crise tenait en fin de compte à la lecture, car après un bon bout de temps, lorsque patron et philologue retournent à leur place, Éole somme sa noble clientèle de lui accorder un peu d'attention et, après avoir présenté ses excuses au nom de monsieur Paraskévas, annonce sur un ton solennel que Lady Chatterley, finalement, avait bien un amant. Mais nous n'approuvons pas, bien entendu, n'est-ce pas ?, ajoute-t-il.

Il se retourne simultanément et me regarde de façon significative. Sans trop y réfléchir, je m'écrie : bien sûr que nous n'approuvons pas. Non, mais… ! Lady… un amant ! Le monde s'écroule ! Le philologue retraité me sourit avec approbation.

Les grandes personnes sont comme les enfants. Il ne faut pas les brusquer.

Qui est le Grand Frère ?

Jours de flemme au café d'Éole.

Promiscuité et conversations inutiles. Ceux qui n'y participent pas sont assis à l'écart un livre à la main et font semblant de lire en tournant machinalement leurs pages. Certains fument comme des Turcs, et les ronds de fumée se mêlent à notre haleine et à la vapeur des cafés qu'Éole vient juste de servir.

Je pense que nous avons atteint sans trop de complications l'an 2016 et c'est la raison pour laquelle je m'étonne lorsque j'entends quelqu'un à côté de moi demander, alarmé, si nous sommes en 1984.

Bien sûr que non, que je lui réponds. Votre montre est en retard de trente-deux années. Je considère avoir fait de l'esprit et je souris avec suffisance. Lui pense que je plaisante et me dit : s'il vous plaît, ne le prenez pas à la légère, c'est une question de vie ou de mort. Je suis contrarié – et j'ai bien raison de l'être. Qui vous a dit que je plaisantais ?

Mon interlocuteur non sollicité avale de travers embarrassé, et se présente… Je m'appelle Winston Smith, si cela vous dit quelque chose.

Ça me dit quelque chose, en effet, mais j'aimerais m'assurer que l'on fait allusion à la même chose. Il se ressaisit et me déclare : je suis Winston Smith et vous avez dû lire mon histoire.

Je l'ai lue, bien sûr que je l'ai lue, et alors ? Il avale de nouveau de travers. Je n'ai jamais vu de héros de roman aussi effrayé que lui. J'aimerais vous demander comment vous l'avez trouvée. Moyen, que je lui réponds. Il semble déçu – comme si c'était lui qui l'avait écrite. Rien ne vous a plu ? Même pas les notes prises par le protagoniste dans son journal ?

À ce moment-là, j'avoue avoir lu le livre il y a des années et ne pas me souvenir de grand-chose. Lisez-les alors, qu'il me dit. C'est moi qui les ai dictées à l'écrivain. Comment un héros de roman pourrait-il dicter quelque chose à son créateur ? Et pourtant, c'est possible, me répond-il. Je n'insiste pas. Il en sait certainement plus que moi.

Qu'est-ce que vous n'avez pas aimé ?, qu'il me redemande. Il y a quelque chose de trop évident dans l'intrigue du livre. Que ça ? Oui, et étant donné que cela ne vous semble pas assez, je vous dis que ça me dérange quand les écrivains ne respectent pas la vie personnelle de leurs héros. Vous l'avez donc ressenti, vous aussi ? Mais bien entendu, c'est clair !

Un court silence s'installe entre nous avant que je décide à ouvrir de nouveau la bouche.

J'aimerais vous poser une question, à mon tour, et vous êtes libre de me répondre ou non… Qui est le Grand Frère, en fin de compte ? C'est vrai, vous ne l'avez pas compris ? Cela m'étonne. Mais c'est sa majesté George Orwell lui-même. Qui d'autre !

Le jeune héros

Savais-tu qu'*Oliver Twist* est le premier livre écrit en anglais dont le protagoniste est un enfant ?, me demande un jour Éole. Son œil abîmé brille et moi je pense immédiatement à Dickens.

Ce serait drôle qu'on le voie ici aujourd'hui, que je pense, et on dirait que le patron lit dans mes pensées. Ce n'est pas ce que tu penses, me dit-il. Qu'est-ce que tu insinues par « ce n'est pas ce que je pense » ? Et comment sais-tu à quoi je pense ?

Je le sais, je le sais… Tout le monde ne passe pas par le café d'Éole. Je perçois de la mélancolie dans sa voix, comme si cela l'attristait. Il y passe pas mal de monde quand même. Il y passe pas mal de monde, tu as raison. Il soupire.

Dickens, en tout cas, nous dédaigne. Je suppose donc que c'est par hasard que tu as cité *Oliver Twist* ? Non, pas vraiment. Je l'ai évoqué parce que j'avais *Tom Sawyer* en tête. Ah bon ! Et quel est le rapport entre *Tom Sawyer* et *Oliver Twist* ? Ce sont tous les deux de jeunes héros. Tu trouves que ce n'est rien ?

Permets-moi de te dire qu'ils sont aussi différents l'un de l'autre que le jour et la nuit. Tu trouves ? Évidemment ! Moi, j'ai toujours été Tom Sawyer, que je déclare.

On ne le dirait pas. Que veux-tu dire par là ? Eh bien, voilà, ne le prends pas mal mais Tom Sawyer, c'est ce qu'on appelle un diable ! Toi, tel que je te vois, tu devais être un enfant docile. Je l'étais. Obéissant. Correct. Tu n'étais pas chahuteur. C'est juste. Et qu'est-ce que ça veut dire ? Je n'étais pas un petit crétin non plus, si c'est ce que tu insinues. Je n'insinue rien. Tu ne peux pas être Tom Sawyer, c'est tout.

Je baisse la tête. La remarque d'Éole me démoralise et porte sérieusement atteinte à ma confiance en moi. J'ai toujours pensé que je cachais en moi le héros de Mark Twain, et je n'avais jamais cru qu'un jour un patron de café aurait pu anéantir cette superbe idée que j'avais de moi-même.

J'essaye de penser à l'exploit de Tom Sawyer que je pourrais réaliser et je me souviens de l'épisode du mur – quand il a persuadé les autres enfants de le peindre à sa place et qu'en plus, il les a convaincus qu'ils devaient le payer pour cette corvée. Aurais-je jamais réussi un coup comme celui de Tom ? J'en doute. Il a sans doute raison, Éole. Par ailleurs, il est fort probable que nous disposons des particularités que nous admirons chez les héros des romans, mais que nous n'avons simplement jamais eu l'occasion de les mettre en œuvre. En littérature, les choses sont en général beaucoup plus faciles que dans la vie. Ce n'est là un secret pour personne.

J'explique mon point de vue à Éole mais lui, il s'en balance. Pour moi, tu n'es pas du tout convaincant en Tom Sawyer.

Je suis prêt à lui dire sans ambages ce que je pense, mais vient juste d'entrer un type avec un chapeau, moustache touffue et regard futé. Il a une cigarette à la bouche et dit à quelqu'un qui l'accompagne : Ne t'en fais pas si je fume. Ce n'est pas difficile de cesser de fumer. Je sais ce que c'est ; moi, j'ai déjà arrêté au moins un million de fois.

C'est Mark Twain, que je pense. J'aimerais tant lui demander si je conviens en Tom Sawyer. C'est le seul compétent pour en décider. Cependant, j'hésite et je demeure avec ma question. Je pense que Tom, lui, se serait permis une telle audace. Éole a sans doute raison.

Un peu de poésie ne peut nuire

Un homme et une femme discutent à une table voisine au café d'Éole. Désignons la femme comme critique, vu sa jeunesse desséchée et son regard de myope. Et désignons l'homme comme poète pour l'affectation précieuse de ses manières.

Vous savez, la plupart des gens sont indifférents à la poésie. Ce qui signifie que pour eux, elle n'existe même pas, souligne la critique au poète. Cela m'indiffère complètement, lui répond-il, quoique je pense que vous sous-estimez la force de la poésie. Je ne sous-estime rien du tout. J'avance simplement une constatation générale. La poésie n'appartient qu'à peu de gens. Elle s'arrête un instant et ajoute : à très peu de gens. Cela doit être ainsi, si vous le dites. Et vous, qu'en dites-vous ?

Peut-être avez-vous raison. Mais avant, nous devrions rechercher un peu de cette poésie cachée qui existe en toute chose. Poésie cachée ? Oui, en effet, pourquoi cela vous étonne-t-il ? Il y a beaucoup de poésie cachée dans notre existence.

Prenez par exemple le slogan publicitaire « Mettez un tigre sur votre moto ». Métaphore exquise, vous ne trouvez pas ? Sans doute. Non, pas sans doute, c'est une phrase poétique bien construite. Ensuite, pensez à une blague. Combien de poésie une blague ne cache-t-elle pas ? Et c'est précisément cette nature poétique qui nous fait éclater de rire. Et combien d'expressions familières ne sont-elles pas truffées de poésie ?

On dirait que le cerveau des gens simples est bourré de métaphores. Non, c'est vrai, je suis tous les jours impressionné par l'imaginaire audacieux que recèle l'argot, et je ne suis pas le seul. Vous tentez d'élargir les frontières de la poésie et c'est normal. Vous êtes poète et vous souhaitez que votre art concerne de plus en plus de gens. Mais vous ne vous identifiez pas pour autant avec ces publicitaires astucieux. Non, bien sûr que non. Avec les plaisantins ? Je ne le dirais pas. Et avec les voyous de la rue ? En aucun cas. Vous voyez ? Tout à l'heure, vous me parliez de la poésie comme s'il s'agissait d'un bal masqué. Mais vous, vous écrivez de la poésie pure, honnête, sans masques. C'est à cette poésie-là que je me réfère et je vous dis qu'elle ne concerne que désespérément peu de lecteurs.

Peut-être concerne-t-elle monsieur, ici, à côté de nous, dit-elle en me désignant. La poésie vous intéresse-t-elle, monsieur, me demande la critique, me prenant au dépourvu. Je bafouille. Bien entendu. Dans ce cas, récitez-nous si vous le voulez bien un vers que vous aimez particulièrement. Je bégaye, et elle ne m'accorde pas de seconde chance.

Elle ne vous concerne probablement pas, me dit-elle. Le poète intervient. Mais que dites-vous là ? Vous demandez à monsieur de vous réciter son poème comme si c'était un enfant. Ce n'est pas sérieux.

Soit. Je vais vous réciter une strophe et vous allez me dire à qui elle appartient. *« Où donc est la sagesse que nous avons perdue dans l'information ? »* Alors ? T. S. Eliot, répond le poète à ma place. Ah ! vous trichez ! N'était-ce pas monsieur qui devait répondre ? Laissez cet homme tranquille ! Quand bien même vous démontreriez que l'art de la poésie l'indiffère totalement, cela ne signifie absolument rien. Je vous ai dit que la poésie existait partout dans notre vie à condition d'être apte à la découvrir.

J'accours à l'aide du poète. De la révéler, dirais-je. Très juste, mon cher, me félicite-t-il, et il me sourit avec reconnaissance. Racontez ce que vous voulez, moi j'insiste pour dire que la poésie ne concerne que très peu de gens dans ce monde. Probablement que vous, et elle désigne le poète, vous, et elle nous désigne, moi et le patron…

Le poète n'y va pas par quatre chemins et lui répond. Si dans ce monde il n'y a pas d'autres personnes assez intelligentes et sensibles pour appréhender la poésie qui se trouve partout, dans ce cas nous trois sommes amplement suffisants, ma chère dame de l'éminente critique, quitte à ce que la poésie meure un jour avec nous. Assez, enfin !

Thrillers ? Non merci !

Je l'ai déjà dit, et je ne démens pas que les histoires fantastiques me terrifient. Tout ce mystère qui se déverse comme du venin à travers leurs pages, ça me donne la chair de poule. Éole, qui le sait très bien, me taquine souvent et me dit en riant : veux-tu que je te raconte une histoire fantastique que j'ai lue il n'y a pas longtemps ? S'il se met à parler, je suis capable de me lever et de m'en aller – je l'ai déjà fait une fois.

Mon aversion pour les récits d'horreur m'a écarté des œuvres de Poe, d'Ambrose Bierce, de Lovecraft, de Bram Stoker, et que le patron appelle des chefs-d'œuvre. Je me suis même privé de quelques-unes des pages les plus prodigieuses de Guy de Maupassant, que j'aime tant.

Pourtant, ils ne m'ont pas détourné, ce qui est bien étrange, de l'œuvre de Henry James.

Le patron se pose la même question que moi en me regardant lire *Le Tour d'écrou.* Il m'est difficile de comprendre comment tu peux lire ça, qu'il me dit.

Ce n'est pas compliqué. J'ai le sentiment de lire une histoire d'horreur ratée et ça me réjouit. L'écrivain s'évertue à nous faire peur, fait tout ce qui est en son pouvoir, mobilise fantômes, rideaux qui ondulent par eux-mêmes, portes et fenêtres qui grincent, visions qui surgissent de nulle part, mais je ne crois pas qu'il y parvienne. Parodie de terreur. Monsieur James ne sait même pas faire peur à un enfant.

Échec, quoi ! Incontestablement. Et si tu veux savoir, c'est là la clé de sa réussite. Tu sais, Éole, il y a beaucoup de lecteurs qui ne supportent pas les thrillers. L'illusion de lire un tel récit qui, au lieu de te faire frémir, te fait rire à cause de l'incompétence de l'écrivain à te terrifier, c'est ce qui a provoqué un succès éditorial inopiné.

Le patron pensif tord sa moustache. Je n'y avais jamais pensé sous cet angle et, pour être franc, je n'ai jamais pu le terminer. Moi j'ai trouvé que c'était un texte lamentable, écrit à la va-vite. Et ses personnages anémiques errent dans ces pièces à haut plafond que James décrit, enveloppés dans leurs draps blancs sous lesquels tu ne trouves aucune trace de chair. À l'exception, peut-être, de Mrs Grose.

Tu te souviens de Mrs Grose ? Oui, pourquoi, ça te paraît étrange ? Les héros en chair et en os demeurent inoubliables quelle que soit l'histoire dans laquelle ils sont impliqués.

Tu as raison, Éole. Évidemment que j'ai raison. Mrs Grose me rappelle d'ailleurs un personnage d'une autre histoire fantastique. Ah ! non, arrête ! Tu sais bien que s'il s'agit d'une vraie histoire d'horreur, je ne supporte pas de l'entendre.

On éclate de rire tous les deux et le patron retourne à sa besogne, me laissant poursuivre la lecture de mon livre. Mais, avant, il tente quand même de plaisanter avec le titre du livre. Tu sais, *Le Tour d'écrou* m'a toujours intrigué, au point où je me demandais s'il ne lui manquait pas une vis, à Henry James.

Je trouve sa blague tellement mauvaise qu'il est le seul à en rire.

Dostoïevski ou bien Tolstoï ?

Élections aujourd'hui au café d'Éole ou plutôt quelque chose qui ressemble à des élections. Les lecteurs sont invités à désigner le romancier le plus populaire de tous les temps. Le dernier tour semble être une affaire russe étant donné qu'il nous faut choisir entre Tolstoï et Dostoïevski.

Depuis ce matin sont rassemblés des représentants des deux auteurs afin que soit assurée la véracité du résultat. Les lecteurs forment une interminable queue à l'extérieur du café et attendent patiemment leur tour pour déposer leur bulletin dans l'urne. Beaucoup d'entre eux tiennent un livre soit de l'un, soit de l'autre auteur, signalant ainsi leur préférence. D'autres se taisent.

Les sondages sont peu révélateurs. Le résultat sera jugé à la dernière minute. Néanmoins, aux environs de midi, court le bruit que c'est Tolstoï qui précède nettement. Une heure plus tard, la rumeur est tout à fait à l'opposé. On ne sait plus ce qu'il faut croire.

Au même moment de nombreux lecteurs expriment ouvertement leur désaccord. J'entends quelqu'un dire : c'est honteux, à la place de ces deux messieurs pourraient figurer Gogol et Tourgueniev. D'autres considèrent que l'absence de Balzac ou de Dickens est un scandale. Ils expriment haut et fort leur doute concernant l'honnêteté de la procédure électorale mais ils ont tort. D'aucuns tentent d'influencer les électeurs. Par exemple, quelqu'un rappelle que Dostoïevski avait dit à une époque : « Si j'avais l'argent de Tolstoï, j'écrirais des livres comme les siens. » Mais l'a-t-il vraiment dit ? Personne ne sait. Comme on ne sait pas s'il est vrai que Tolstoï, à sa mort, avait à son chevet *Les Frères Karamazov*.

Y a-t-il un roman mieux écrit qu'*Anna Karénine*, se demande quelqu'un. Il a probablement raison mais personne n'est jamais parvenu à écrire quatre chefs-d'œuvre romanesques comme l'a fait Dostoïevski, rétorque un autre. Lui aussi il a raison. La question relève de l'énigme. Espérons que les urnes en apportent la réponse.

Et alors que tout roule comme sur des roulettes, deux types surgissent de nulle part, emportent l'urne et disparaissent avant même que l'on ait pu les rattraper. Scandale sans précédent ! On appelle la police, qui lève les bras au ciel, les deux auteurs restent introuvables, le processus électoral est annulé.

Le référendum du lectorat se renouvellera Dieu sait quand et Éole se frotte les mains pour ce joli « coup de pub » fait à son café. Il se retourne d'ailleurs vers moi et me dit : entre nous, c'est bien que les choses aient pris cette tournure. Même sa moustache rit avec lui. Je le soupçonne d'avoir prêté main-forte au vol de l'urne mais je ne dis rien.

En attendant, cette ambiance de fête qui planait il y a quelques minutes à peine s'est volatilisée et tout le monde s'en va déçu. Bientôt, il ne restera plus que le patron et moi.

De l'importance d'être protagoniste

Au café d'Éole quelqu'un s'approche de moi et se présente comme étant le protagoniste d'un roman. Il me dit son nom.

Désolé, je ne vous connais pas, que je lui réponds.

Mais vous me croyez quand je vous dis que je suis protagoniste, n'est-ce pas ? Je vous crois, du moment que vous êtes assis à l'une des petites tables rigoureusement destinées aux protagonistes de livres.

Vous connaissez peut-être le roman dans lequel j'ai le premier rôle, me demande-t-il, et il me cite un long titre que j'ignore. Je réponds par un mouvement négatif de la tête et je remarque que ses yeux sombrent dans la déception. Il prend l'une de ces expressions affligées que je supporte mal de voir sur le visage des gens. Honnêtement, j'aurais aimé avoir lu son histoire mais je ne l'ai pas fait et je n'aime pas mentir.

Vraiment navré, mais on ne peut avoir tout lu. Peut-être quelqu'un d'autre dans cette salle en saurait-il un peu plus. Je n'essaye pas de me dérober, j'essaye simplement de faire en sorte qu'il se sente mieux. D'ailleurs, il est toujours possible que ne fût-ce qu'une seule personne le connaisse.

Mais il l'exclut, un ton de résignation dans la voix, comme si j'étais son dernier espoir. Il me met dans une situation encore plus difficile.

Regardez-moi bien, me dit-il. Observez mes traits. Ne percevez-vous pas une étincelle dans mon regard, une douceur dans ma voix, une chaleur dans mon sourire ? À votre avis, ne pourrais-je pas, moi aussi, incarner un rôle de protagoniste dans un roman célèbre ? Dans un de ceux considérés comme des chefs-d'œuvre et qui continuent d'être lus de génération en génération ? Hein ? Qu'en pensez-vous ? Ne le pourrais-je pas ? Est-ce qu'il me manque quelque chose des grands protagonistes de la littérature ? D'accord, je n'ai peut-être pas le destin tragique du colonel Chabert, mais combien parmi nous l'ont-ils ? Je n'ai peut-être pas le charme de Fabrice Del Dongo mais, même dans les mythes, tout le monde ne naît pas beau. Je ne suis pas débrouillard comme l'est Gatsby et vigoureux comme Dimitri Karamazov et ainsi de suite… Et admettons que je n'aie pas leur mérite, ne pourrais-je pas jouer un rôle secondaire, tenir le troisième rôle, un petit rôle de rien du tout dans leurs histoires ? « Mieux vaut être le premier au village que le second à la ville. » Vous êtes d'accord ? Moi pas ! Je vais maintenant retourner à ma table avec l'illusion d'être le protagoniste mais, au fond, on sait tous que je ne suis qu'une signature quelconque, qu'une affaire inconnue, qu'un héros qui n'a pas eu le bonheur de tomber dans les mains d'un écrivain talentueux. Et c'est injuste, vous m'entendez, c'est injuste, parce que j'avais tant à dire. J'avais tant…

Marmonnant ces derniers mots, il s'éloigne et s'assoit à sa place. Il me regarde toujours, je le regarde aussi.

Font alors irruption des héros célèbres qui discutent entre eux et avec quelques-uns de leurs lecteurs. Lui seul, inconnu parmi les inconnus, demande en vain l'attention de l'un d'eux. C'est pour cela que je continue à le regarder, car je suis, au café d'Éole, sa seule consolation…

De l'importance d'être protagoniste (2)

Au café d'Éole, deux jours plus tard, je ne vois plus mon protagoniste anodin. Qu'est-il advenu de lui ? Si l'on pouvait penser que le protagoniste d'un roman eût pu mettre fin à ses jours, je dirais qu'il s'est suicidé. Le plus probable : il s'est de nouveau logé dans les pages de son livre et ne remettra plus le nez dehors.

Pour l'instant, j'observe les autres protagonistes qui arborent ici leur célébrité. Souvent leur amour-propre est tel qu'il dépasse celui de leur créateur. Figures tragiques, pour la plupart, mais leur excessive euphorie est incompatible avec leur sort. Un seul se distingue – Joseph K. Je me rappelle encore la première fois où je lui ai serré la main.

Il y avait un certain repli dans sa façon d'être. Les autres ne nous ont pas habitués à ce genre d'attitude. Levine, Meursault, Bovary, Herzog se comportent comme des célébrités. Et que dire de Dorian Gray, d'Odette, de Leopold Bloom et de Lolita… Enfants gâtés de la narration. Mais fait-on des discriminations dans le monde de la littérature ? Il faut croire que oui.

Je m'entretiens avec K. Tu es un Socrate contemporain, je t'assure. Il me regarde avec ses grands yeux. J'y vois Kafka lui-même. Vous le pensez vraiment, me demande-t-il, dubitatif. Bien entendu que je le pense.

Je me flatte de tutoyer un tel héros tandis que lui me répond en me vouvoyant. Avec les autres, c'est le contraire. Mais il est flatté lui aussi que je le compare à Socrate. Je ne te compare pas, que je lui signale. Je t'identifie à lui. Lui avait conscience de sa situation. Toi pas. Deux fois tragique, donc !

Je dis tout ça avec conviction. O. K. ! Il n'a pas confiance en lui. Sinon, il ne m'aurait pas dit que j'exagère.

Je n'exagère pas – je n'exagère nullement ! Je sollicite le concours de monsieur Paraskévas, le philologue. Vous convenez que Socrate avait pleinement conscience de sa situation ?, que je lui demande. Naturellement, qu'il me répond devant K. Il tente d'ajouter quelque chose au sujet du *Procès*. Je coupe court à ses propos. Expert de Platon, monsieur Paraskévas, certes, mais ignorant en matière de Kafka. Il retourne à sa place et nous laisse seuls.

Je ne sais pas, insiste K. Moi, c'est un pur hasard si je me trouve ici parmi vous. Si le dernier souhait de mon créateur avait été respecté… Je proteste. Mais qu'est-ce que c'est que ces bêtises ! Et je complète…

J'attends de voir passer Max Brod et ses copains pour leur dire leurs quatre vérités, ou tu ne t'appelles plus Joseph K. Il a désobéi aux conseils de son ami et n'a pas brûlé ses livres. Inepties ! Inepties ! Sous l'effet de ma colère, j'ai haussé le ton de ma voix sans m'en rendre compte. Je me retourne et vois tous les regards posés sur moi.

Je me souviens soudain que c'était le matin que K. avait été arrêté à son insu. Quelle importance ? Absolument aucune importance ! Cela vient simplement de me traverser l'esprit…

Chaud incident

Cela se passe en cet instant précis au café d'Éole. Une poignée de fanatiques conspue Roubachof, qui vient juste d'arriver. Ils savaient qu'il viendrait et l'attendaient au tournant. « Camarade, tu devrais avoir honte, crie le premier, tu as discrédité la révolution ! » « Oui ! Toi qui fais l'ignorant, intervient le deuxième. Tu avais le béguin pour Orlova ? Parle-nous d'Orlova, vieux schnock ! » Un troisième lui jette un verre d'eau en pleine figure. « Tiens, prends ça de la part du Petit Père, sale mouchard, espèce de réformiste, bouffon du capitalisme ! »

Les choses prennent une mauvaise tournure ; les exaltés avancent, ils se meuvent désormais avec des dispositions menaçantes. Bien que je sache que les protagonistes des romans n'encourent pas de réel danger, mon inquiétude augmente sans cesse. D'autre part, je ne trouve pas le courage psychique de parler. J'aurais bien aimé, certes, mais je ne suis pas aussi brave !

J'attends qu'Éole fasse un geste pour rétablir l'ordre dans son café, comme il se doit. Et il le fait. Il quitte son zinc et se dirige fermement vers eux. Il commence à les évincer de ses mains fortes et velues, criant seulement « Dehors, dehors ! ».

Eux, comme hypnotisés, reculent sans même opposer une quelconque résistance. Ou alors, la force physique du patron est telle qu'il refoule toute forme de résistance.

L'un d'eux, qui n'a pas obtempéré, a droit à quelques taloches. Derrière Éole se précipite un de ses assistants, svelte et tout feu tout flamme.

Brandissant un bâton, il se met à poursuivre ces bourreaux débauchés. La scène que je décris relève presque du romanesque. Les autres protagonistes ainsi que quelques auteurs présents à ce moment-là acclament. Monsieur Paraskévas prend position, lui aussi. Il se lève de sa chaise et gesticule comme si c'était lui qui écartait les fauteurs de troubles. Nous n'avons aucunement besoin des communistes !, qu'il gronde. C'est un point de vue.

Entre-temps, l'incident a pris fin et les voyous se sont éloignés. On n'entend plus que l'un d'entre eux crier : ta mère, Koestler, ta mère, tu entends ? Ta mère ! Mais lui aussi se perd au bout de la rue, là où il n'est plus qu'une ombre.

Éole revient avec son assistant et tout le monde l'accueille par des applaudissements chaleureux. Dans la salle, l'enthousiasme est à son comble. Protagonistes et écrivains serrent la main de Roubachof, exprimant ainsi leur soutien.

L'ancien membre de la direction du Parti accepte les compliments avec de larges sourires, s'assoit à la table centrale et commande un café. Il n'y a que moi qui suis mal à l'aise.

Si Éole me demande pourquoi je ne suis pas venu à son aide, que vais-je lui dire ? Naturellement, ce n'était pas un devoir moral. En somme, je ne suis qu'un de ses clients, sans plus. Cette pensée conforte mon respect pour moi-même et je participe activement aux manifestations de sympathie à l'égard du héros outragé. Cela, au moins, je peux le faire.

Le Talentueux Mr. Ripley

Ce jeunot débarqué tout droit d'Amérique, arborant costume cher, cheveux enduits de brillantine et affublé de bagues, aux airs de touriste impérialiste américain de l'entre-deux-guerres, aurait mieux fait de ne pas venir au café d'Éole aujourd'hui. C'est la première fois que je vois le patron s'emporter contre un client. Dis à cette tapette de partir, me dit-il. Bien sûr, il sait bien que je ne le ferai pas. Il veut seulement que le talentueux Mister Ripley l'entende. Quelqu'un se lève et crie devant tout le monde : « Nous ne voulons pas d'assassin ici ! » Il fallait voir le regard venimeux que lui a jeté le protagoniste de Patricia Highsmith. Encore heureux que les héros de romans ne savent pas, entre autres choses, tuer pour de vrai.

Je suppose qu'on le rencontre au moment où il visite la Grèce à la fin du premier livre. Il est encore très jeune, inexpérimenté, je dirais, mais avec cette expression dure que laisse sur le visage d'une personne le fait d'avoir commis un crime odieux tel que l'homicide avec préméditation. « Comment as-tu pu tuer ton ami… Casse-toi d'ici, ordure ! », hurle contre lui un lecteur outré. Et lui, comment il réagit… ? Les mains enfoncées dans les poches de son pantalon, il hausse les épaules, fait demi-tour et s'en va.

Son départ provoque des réactions bruyantes. Depuis la table d'à côté, j'entends des lecteurs se demander comment une écrivaine aussi talentueuse que Highsmith a pu se laisser aller au charme malsain d'un anti-héros comme lui. « Écrire un livre avec une crapule du genre je peux le comprendre, mais cinq, ça me dépasse ! », s'exclame un habitué. Je comprends son ahurissement.

À vrai dire, je n'ai pas non plus beaucoup d'estime pour ce personnage. Je scrute la réaction des protagonistes, qui évitent de se positionner, et celle des écrivains à l'autre bout de la salle. Ceux-ci semblent impassibles à la présence de l'antéchrist – c'est ainsi que l'a caractérisé quelqu'un. Le seul à partager notre répulsion est le patron, qui ne cesse de marmonner d'innommables injures contre ce Yankee qui vient juste de décamper. Non mais ! Des individus de ce genre sont de trop chez Éole. Dans les livres, tout peut arriver mais dans le cœur de leurs lecteurs, il y a des limites. Le talentueux Mister Ripley devrait bien le savoir, non ?

Les sœurs Brontë

Je n'ai rien contre la littérature de presbytère. Mais je n'arrive pas à croire qu'une jeune femme sans expérience aucune puisse écrire l'un de ces superbes romans qu'on lit et relit inlassablement. Je fais part de mon scepticisme à Éole mais sa réponse ne me convainc pas : il y a des gens qui naissent avec une âme, c'est tout. Mais c'est vite dit ! Et les autres ? Ils naissent sans âme ? Tu ne comprends ce que je veux dire, qu'il insiste. Mais il ne m'explique pas.

Ces derniers temps, les sœurs Brontë fréquentent le café. La première c'est Charlotte, elle est charmante. Elle s'adresse à ses confrères avec l'assurance de celle qui a réussi. Ensuite vient Anne, la benjamine – elle passe inaperçue. Celle qui fait impression, c'est Emily. Pudique, d'apparence quelque peu négligée, elle traverse distraite la salle pour rejoindre la table de ses sœurs. Charlotte a déjà commandé du thé pour toutes les trois. C'est la seule à être pourvue d'un minimum de sociabilité. Les deux autres mal accoutrées, maladroites, insociables, ne parlent à personne, même pas entre elles. Elles sortent chacune un livre et lisent ou font semblant de lire. Comment approcher Emily et lui poser des questions sur Heathcliff ? Est-il possible qu'un être aussi juvénile puisse accabler de tant de barbarie un personnage masculin ? Que sait-elle des hommes, cette jeune femme fanée ?, dis-je à Éole.

D'un geste, il insinue que c'est une question d'intelligence. Tiens, je pensais que c'était une question d'âme… C'est aussi une question d'âme, me répond-il. En fait, c'est une question de talent. Non, c'est une question d'âme, que je rétorque. Éole tortille sa moustache et s'éloigne avec une grimace d'indifférence. Pour lui, c'est la même chose. Pour moi il y une différence majeure – c'est facile de parler de talent, ça ne requiert pas la moindre preuve. Pourtant, comment prouver qu'il y a une âme dans ce corps frêle et tuberculeux d'Emily, tandis qu'elle se penche sur une tasse de thé et lit ou feint de lire un livre pour éviter tout contact avec le monde extérieur ?

Tu comprends ce que je veux dire ?, que je demande à Éole. Je comprends que tu as un problème avec la littérature de presbytère, me dit-il en se grattant la tête.

Avec mon café il m'apporte aussi une édition vieillie et obsolète des *Hauts de Hurlevent.* Que veux-tu que j'en fasse ? Je l'ai déjà lu trois fois, ce livre, et je n'ai toujours pas de réponse à ma question. Relis-le, me conseille-t-il. Même si certaines personnes n'ont pas d'âme, elles ont leurs livres. Commence la lecture par la fin, là où il est dit : *« J'écoutais la brise légère qui agitait l'herbe, et je me demandais comment quelqu'un pouvait imaginer que ceux qui dormaient dans cette terre tranquille eussent un sommeil troublé. »*

Le poète veut mourir

Pas facile aujourd'hui au café d'Éole. Le jeune homme qui vient de rentrer et qui s'est installé à la petite table à ma gauche a l'air mal dans sa peau. Ébouriffé, l'œil hagard, il tremble de haut en bas. Un garçon vient prendre sa commande. Ensuite il chuchote quelque chose à Éole.

Que se passe-t-il ?, que je demande. Le patron a l'air soucieux. Finalement, il me répond. Je vais avoir besoin de ton aide. Le jeune homme, là-bas – il me le montre du regard – se déclare poète et menace de se suicider. Je demande s'il le connaît. Pas le moins du monde. Je doute même qu'il soit poète. Et comment puis-je te venir en aide ? Viens avec moi, nous allons lui parler. Tu es du même âge que lui. Tu t'entendras mieux avec lui. Ah non !, ne m'embrouille pas dans ce genre d'histoire, que je lui dis. Peur des responsabilités ? Peut-être.

Dans ce cas, je vais le mettre à la porte, décide Éole. Je ne veux pas de suicides dans mon café. Tu ne peux pas faire ça. Et pourquoi pas ? Parce que c'est inhumain. Tu auras mauvaise conscience. Aucune mauvaise conscience, je vais illico le mettre dehors. J'étais victime de chantage, c'était évident, mais je m'y suis plié sinon, c'était moi qui allais avoir mauvaise conscience.

Nous demandons au client la permission de s'asseoir à sa table. Il hausse les épaules avec indifférence. Nous nous asseyons et Éole commence. On nous a informés que vous vouliez vous suicider. Cela ne vous regarde pas, qu'il lui répond sèchement.

Le patron contrarié lui dit : si cela ne nous regardait pas, vous ne vous seriez pas donné la peine de l'ébruiter. Vous auriez mis fin à vos jours et nous l'aurions su en lisant le journal. Je m'interpose. Laisse, je m'en occupe. Nous avons appris que vous êtes poète. En effet, monsieur, je le suis. Mais je présume que vous n'êtes pas du tout satisfait de l'accueil fait à votre poésie.

Il est vrai que personne ne lit mes poèmes aujourd'hui. On les lisait avant ? Bien sûr que non ! Je suis un poète complètement inconnu. Complètement inconnu… ne pensez-vous pas que c'est une caractérisation plutôt grave ? Pas du tout. Je suis un poète insignifiant qui ne trouve plus aucun intérêt à la vie.

Vous allez donc vous suicider ? Qu'auriez-vous fait à ma place ? Justement, j'ai déjà été à votre place – tu voulais te suicider, toi ?, me demande Éole, mais ce n'est pas le moment – et je vous dis que ce n'est pas aussi facile que vous le pensez.

Un jour, quand j'avais décidé de me suicider, je n'ai pu trouver le moyen le plus efficace. Me lancer du haut d'un étage ? Je suis acrophobe. Me couper les veines ? Rien que d'y penser, cela me rebutait. Me tirer une balle dans la tête ? Pas le courage. Le choix était drôlement difficile.

En fin de compte, j'ai abandonné l'idée et suis retourné à ce monde ingrat auquel j'avais essayé d'échapper.

Moi, je vais le faire, marmonna le jeune poète. Mais pourquoi vous obstinez-vous ? Et puis, il faudrait reconsidérer la question de votre poésie. Peut-être les choses ne sont-elles pas aussi noires que vous le croyez.

L'autre fois, à cette même table (ce n'était pas du tout la même table, mais j'ai dit cela pour dramatiser), une critique a fait observer à un poète connu que sa poésie ne concernait que désespérément peu de lecteurs. À la fin, on était d'accord qu'en général, la poésie n'intéressait que trois personnes. Moi, monsieur par ici, et le poète dont je vous parle. Si vous le désirez, vous pouvez nous réciter quelques-uns de vos plus beaux vers, et soyez certain que deux des trois férus de poésie connaîtront enfin votre œuvre. D'un seul coup, vous serez célèbre. Qu'en pensez-vous ? On y va ?

Nous attendons des invitées

Jour de cérémonie aujourd'hui pour le café d'Éole. On va assister à un vrai défilé de personnages féminins. Depuis ce matin, tout le monde prépare ce grand événement. Sur le trottoir sont disposés plein de parasols, de petites tables et de chaises.

Dans la salle, le frémissement des ventilateurs de plafond, le frottement des verres et des tasses que l'on astique, le cliquetis des cuillères à café que l'on dépose sur les petites assiettes en porcelaine... Éole dirige et les serveurs exécutent docilement ses ordres.

On place des petits drapeaux et des vases garnis de fleurs partout ; quelqu'un chargé du placement pose des petites pancartes sur les tables.

La présence des journalistes électrise l'atmosphère, dans ce café en principe calme et propice à la méditation. Les lecteurs dessinent des files dans la rue.

Nous attendons beaucoup de monde, m'informe le patron. Tu vas voir autant de femmes que tu n'en as jamais vu de ta vie. Et quelles femmes, hein ? Des super protagonistes ! L'une plus notoire que l'autre. Et pour preuve, nous avons le premier arrivage.

On annonce madame Bovary. Elle est habillée comme une illustre provinciale de la France du dix-neuvième siècle.

Sophistiquée et rêveuse, elle traverse la salle en distribuant des sourires à gauche et à droite. Les premiers flashs brillent.

Éole se penche et lui fait le baisemain. Ensuite, il l'installe à sa place, écartant poliment les représentants importuns de la presse.

Eugénie Grandet et la Cousine Bette arrivent ensemble. Vieilles filles mal aimées, elles feignent de ne pas se connaître – quoique du même auteur. Les journalistes passent outre. Le patron se presse de leur indiquer leurs places, sans trop de chichis. Suivent déjà madame de Rênal et Nastasya Filippovna. De vraies mondaines, elles se présentent entre elles. Héroïne de Stendhal, héroïne de Dostoïevski, enchantée de faire votre connaissance, moi de même.

L'arrivée simultanée de Grouchenka et de Katia ne se déroule pas aussi naturellement. Les deux femmes traînent un différend qu'elles n'ont pas eu le temps de régler dans les pages du livre. Dommage ! Un incident ardent est de nouveau prêt à éclater, Éole devance les reporters dans le but d'éteindre le feu. Mesdames, mesdames… vous êtes des héroïnes romanesques, ne l'oubliez pas !

L'instant d'après, Molly Bloom fait son apparition ainsi que Mrs Dalloway. Indifférente l'une à l'égard de l'autre, elles cherchent leur table non sans une certaine nervosité. Lorsqu'elles se rendent compte qu'elles sont assises l'une à côté de l'autre, leur désenchantement redouble tout autant que leur embarras.

Lady Chatterley arrive ensuite – attention, monsieur Paraskévas, aucune scène désobligeante envers elle ne sera tolérée !

Suit un tandem plutôt incongru – Lolita et Emma Woodhouse. Fossé générationnel ! La sylphide de Nabokov évoque une star de rock et cadrerait mieux avec Albertine, qui lui succède aux côtés de l'infortunée Tess d'Urberville.

Daisy Miller arrive, quelqu'un la reconnaît, lui demande un autographe, et elle est immédiatement encerclée par les journalistes. Éole peine à l'arracher de leurs mains. Pendant ce temps, à l'extérieur, une Gitane qui prétend être Carmen veut entrer dans le café d'Éole. Si elle est vraiment l'héroïne de Mérimée, on n'a pas le droit de lui interdire l'entrée. Je vais demander des explications aux responsables. Quand même !

En littérature, toute discrimination est condamnée. Je m'approche d'elle dans le but de l'aider mais elle se méprend sur mes intentions. Elle m'insulte, crache sur moi, me mord… J'essaye de lui expliquer, mais je suis pris dans un pourparler absurde et je rate l'arrivée d'Anna Karénine, ovationnée par la foule.

Dans le tumulte ambiant, j'arrive à peine à apercevoir son dos avant qu'elle s'assoie à sa table et se perde derrière un groupe de journalistes et de lecteurs fanatiques.

J'anathématise cette sauvageonne de Gitane et je tente en vain de m'approcher de mon héroïne adulée.

Voilà ce qui arrive quand on vient comme un cheveu sur la soupe.

Et les arrivages d'héroïnes romanesques se poursuivent au café d'Éole…

Rencontre au sommet

C'est ainsi qu'Éole a baptisé la rencontre du trio présent dans son café.

Un peu avant midi débarque Jorge Luis Borges, accompagné d'amis. Ayant appris à composer intelligemment et non sans dignité avec sa cécité, il se meut avec pas mal d'aisance entre les petites tables et les sièges. Éole se hâte de le servir. Je trouve son zèle quelque peu démesuré. Oui, bien entendu, nous parlons de Borges. Mais je ne trouve pas que l'Argentin ait quelque chose de plus que tous les autres.

Quand arrive Gombrowicz, par exemple, il l'accueille sans tambour ni trompette. C'est simple, j'ai horreur de ceux qui, dans leur biographie, jasent contre leurs homologues. Qu'il se justifie. Sans blague ! Il n'est ni le premier ni le dernier à l'avoir fait.

D'ailleurs, j'ai lu le passage en question dans lequel le Polonais se réfère à l'Argentin. Méchancetés sans grande importance ! Dans ce cas, Camus devrait lui demander des comptes, lui aussi. Pourtant, il ne l'a pas fait. Je pense qu'au fond Borges considère Gombrowicz avec condescendance. La preuve : il parle avec lui par interprète interposé.

Il est vrai aussi que le Polonais n'a jamais bien appris l'espagnol, bien qu'il ait passé une belle partie de sa vie en Argentine. Et puis, on sait bien que Borges a toujours eu des difficultés à parler le français. L'intervention d'un interprète peut préserver de malentendus supplémentaires ; cependant, elle peut aussi en engendrer d'autres. Et aucune des deux parties ne souhaite une telle chose, n'est-ce pas ?

J'ai l'impression que l'Argentin fait grand cas de sa réputation posthume. Il demande à Gombrowicz d'effacer tout commentaire négatif pouvant le discréditer. En dépit de toute la sagesse acquise, il n'a toujours pas compris l'élémentaire : on ne peut plaire à tout le monde, mon cher Borges.

La reconnaissance posthume est la chose la plus vulnérable. Cela peut t'être corroboré par le troisième écrivain, qui vient juste de faire son apparition.

Le fameux Nabokov franchit à l'instant le seuil du café et tout le monde se met en quatre pour l'accueillir.

J'aurais bien aimé lui dire deux mots. N'ose même pas y penser, me dit Éole. Mais il n'y a pas une seule légende littéraire qu'il n'ait pas tenté de descendre de son piédestal, cet émigré, que je fais remarquer. Toi qui te tracasses tant pour Borges, tu trouves cela juste ?

Peuh ! tu deviens excessif. Deux ou trois petites remarques sur Dostoïevski et Cervantes, dans le cadre d'un compte rendu de lecture honnête, sans plus. D'ailleurs, reconnais-le, personne ne gouverne vertueusement. Je pensais que la littérature n'était pas un jeu de pouvoir, Éole… Je ne m'attends à aucune réponse.

Je me lève et je m'en vais, excédé de tout ce que j'ai entendu aujourd'hui. Je me retourne une seconde, juste pour regarder du côté du trio qui semble discuter paisiblement, du moins pour l'instant…

Les jours passent

Les jours passent et je n'arrive pas à me décider à retourner au café d'Éole. Les lectures de café me manquent. D'autre part, je préfère m'écarter d'un lieu où les héroïnes des livres défilent comme des stars de cinéma et où les écrivains font preuve de mesquinerie. D'ailleurs, je ne pense pas avoir manqué à quelqu'un, là-dedans. Je suis presque certain que même Éole ne s'est pas rendu compte de mon absence. L'arrivée des célébrités ne lui laisse pas le temps de s'occuper de ses vieux amis. Voilà, c'est ça ! Dernièrement, il ne faisait pas spécialement attention à moi. Je n'insinue pas qu'un patron de café doive accorder une attention particulière à chacun de ses clients. Après tout, pourquoi pas ? De surcroît, je n'aimais pas, et je compte bien le lui dire quand je le reverrai, ses réponses ambiguës. Je lui posais une question et il me répondait n'importe quoi pour se débarrasser de moi.

Au fond, il est cachotier. On dit que dans son café sont planqués de nombreux objets égarés de la littérature. J'ai entendu dire, par exemple, qu'au café d'Éole on cachait le manteau volé du héros de Gogol ou la bicyclette subtilisée à celui de Bartolini, voire la jambe d'Achab arrachée par Moby Dick. Si tu poses la question au patron, il s'en tient à des sourires ironiques et à des commentaires du genre « qui dit ça ? ». Il élude les réponses directes.

Si vous voulez mon avis, j'attache de l'importance à toutes ces rumeurs. Presque toutes les personnalités notoires de la littérature ont déjà franchi le seuil du café d'Éole. Ce n'est pas pour rien qu'on lui a souvent attribué des dénominations telles que « Temple du café » ou « Musée littéraire ».

Quelque chose d'insolite plane dans l'air de cet endroit. Parfois je soupçonne même la précision avec laquelle les chaises et les tables sont hantées. Leur géométrie dans l'espace pourrait tenir à un code secret en faveur de quelques conspirateurs. La littérature n'est peut-être rien d'autre que symboles apocryphes. Une cabale mondiale qui mine notre réalité. Et les écrivains… des bombardiers d'idées – terroristes meurtriers recherchés par

la police. Je n'ai pas dit tout cela à Éole, non parce que je crains d'être tourné en dérision, mais parce que, au fond, je le considère comme un archiconspirateur. Mieux vaut se méfier.

Je vais attendre encore quelques jours avant de passer par son café. Mon apparition fera peut-être effet à ce moment-là. Nous, lecteurs, avons aussi besoin de faire sentir notre présence au lieu de rester de simples spectateurs. Et pourquoi nos histoires seraient-elles moins impressionnantes ? Personne n'a jamais pensé écrire un roman sur ma vie. Je ne le mérite pas ? N'ai-je pas droit moi aussi à une goutte d'immortalité dans l'océan du temps ? Vanité me répondrez-vous. Peut-être.

Pris par toutes ces pensées, je suis arrivé, sans même m'en rendre compte, devant le café d'Éole. Et qu'est-ce que je vois ? Pas âme qui vive. La porte est verrouillée. Éole introuvable. Une annonce sommaire : LE CAFÉ EST FERMÉ.

Et si je demandais en face ? Ils sauront peut-être me dire quelque chose de plus. Voici ce que j'apprends : le café ne possédait pas de licence légale pour fonctionner. Eh bien, illégal, le café d'Éole ! Et les lectures de café ? Illégales elles aussi ? Bon Dieu !

Un mendiant de la rue s'approche de moi et me demande une pièce de monnaie. Je lui en donne une, et il chuchote avec un air de complot : ne t'inquiète pas, il va rouvrir, c'est toujours comme ça.

S'il le dit, c'est qu'il en sait quelque chose…

Pour en savoir plus
sur les ateliers henry dougier
(catalogues, auteurs, vidéos, actualités...)
vous pouvez consulter notre site internet
www.ateliershenrydougier.com

ateliers henry dougier

@AteliersHD

@ateliershenrydougier

Achevé d'imprimer par Corlet imprimeur S.A.
14110 Condé-sur-Noireau
N° d'imprimeur : 194051
Imprimé en France